ILS DÉSERTENT

Du même auteur

La Réserve, Dominique Gueniot, 2000.
Central, Fayard, 2000.
Composants, Fayard, 2002. Mention du prix Wepler.
Paysage et portrait en pied-de-poule, Fayard, 2004.
1937 Paris-Guernica, Maren Sell, 2007.
CV roman, Fayard, 2007.
Bestiaire domestique, Fayard, 2009.
Retour aux mots sauvages, Fayard, 2010, Livre de Poche, 2012.

Thierry Beinstingel

Ils désertent

roman

Fayard

Couverture : Cheeri
Photographie : © Jean-Hugues Berrou

ISBN : 978-2-213-66882-6

À la fin tu es las de ce monde ancien.

Guillaume Apollinaire, *Zone.*

1

Maintenant que le camion est parti, la femme pourrait ouvrir la portière de sa voiture, s'installer et démarrer. Mais elle n'en fait rien, elle s'appuie sur l'aile. C'est une sorte de gros break déglingué, d'une couleur de survêtement usé, hésitant entre le vert et le brun et que le soleil ne parvient même pas à faire luire. Les suspensions fatiguées laissent choir le coffre jusqu'aux graminées rachitiques d'une pelouse que personne ne vient tondre. La femme s'appuie sur l'aile, comme assise, les yeux fixant l'immeuble devant elle, et on entend encore le camion tourner le coin de la rue dans un craquement de boîte de vitesses. Le soleil tape avec violence sur les vitres et réfléchit une étoile de lumière qui aveugle les passants. Malgré l'éblouissement, on distingue l'ombre de deux enfants à l'intérieur du véhicule, deux têtes qui émergent à peine des sièges arrière. Les formes d'un abat-jour et d'une plante verte indéterminée finissent de remplir l'espace du break. Maintenant la femme, toujours appuyée, allume une cigarette sans quitter l'immeuble des yeux, indifférente aux enfants. On voit nettement la fumée qui l'enveloppe, puis, alors que la première bouffée s'évanouit, elle laisse pendre la main qui tient la cigarette le long de la carrosserie. Elle est blonde, cheveux mi-longs, vêtue d'un jean et d'un tee-shirt, petite et menue, disproportionnée par rapport au gros break, en désaccord avec lui, comme si ce véhicule lui avait été prêté à l'occasion du déménagement.

Toi, tu es arrivée au moment où le camion démarrait, avec l'inscription *Garde-meubles travail soigné* qui s'est éloignée lentement. Tu as garé ta voiture sur le trottoir d'en face, au-delà du terre-plein. Tu as cru voir au moment où le camion s'ébranlait un geste du conducteur, vitre baissée, une sorte d'au revoir, et c'est alors que tu as remarqué la femme et le break. Et l'autre aussi, au moment où tu es sortie de ta voiture, cette voisine qui traîne souvent par ici ses savates et la même vieille blouse à fleurs bleues, et qui semble surgir de nulle part à chaque fois. Elle dit : Ils désertent. Et toi, tu comprends « île déserte ». C'est seulement quand tu t'attardes sur la silhouette de la femme qui a allumé sa cigarette de l'autre côté de la rue, appuyée d'un air las sur la carrosserie du vieux break, indifférente aux enfants pourtant en plein soleil dans l'habitacle, scrutant l'immeuble bardé de pancartes « à vendre » ou « à louer », c'est seulement à ce moment précis que tu comprends le véritable sens. Ils désertent. Même pas le temps de répondre que la voisine a disparu. Restent cette femme et toi, sur le trottoir d'en face, au-delà d'un terre-plein grossier, constitué de mottes stériles posées au hasard entre deux bordures de trottoir sans qu'on sache bien pour quelle raison elles séparent les voies d'une avenue qui ne mène nulle part. Dans ce nulle part, tu as garé ta voiture, un véhicule récent à peinture métallisée, quelque chose qui jure ici, de la même manière que détonnent tes habits trop neufs, l'allure décidée de qui a un boulot solide. D'ailleurs, tu as encore de multiples choses à faire et ton regard délaisse la femme appuyée, sa cigarette, le vieux break. Tu montes les quelques marches vers la résidence, puis tu fais demi-tour vers ta voiture, tu ouvres le coffre et saisis le sac de voyage que tu avais oublié de sortir. La femme de l'autre côté de la rue n'a pas bougé. Tu lui tournes à nouveau le dos et tu repars vers la résidence.

Ton appartement est au troisième étage. Tu as un grand balcon dont tu as clos les persiennes pour éviter la chaleur. Le début d'été est souvent caniculaire ici. Tu ouvres maintenant la fenêtre, le soleil a basculé de l'autre côté, la fraîcheur du soir va pouvoir pénétrer. Et tu la vois encore, en surplomb maintenant. Elle se déplace avec fatigue, si menue devant sa voiture trop grande. Puis tout va très vite, la portière grince, le moteur hoquette et le vieux break s'éloigne à grand bruit. Reste l'immeuble d'en face, les graminées rachitiques de la pelouse défoncée par les camions de déménagement, les pancartes « à vendre » ou « à louer », le soleil du crépuscule qui vire au rouge sang et que l'on aperçoit dans les quelques baies vitrées dont les volets ont oublié d'être baissés. Tu restes un instant accoudée à la rambarde après que le bruit de la voiture a disparu. Cette femme, identique à toi, à part les cheveux blonds (les tiens sont châtains), au-delà de sa fatigue, pouvait avoir ton âge. Si, une autre différence : ses deux enfants. En commun aussi : vous étiez voisines dans ce quartier pourtant nouveau, mais que chacun finit par abandonner comme si un sort avait été jeté sur les premières pierres érigées. Tu songes à l'archipel du Cap-Vert que tu as eu la chance de visiter il y a peu, tu soupires et tu rentres.

Tu t'es installée ici il y a un mois. Tu regardes les cartons qui ne sont même pas encore tous déballés. Au milieu, ton sac de voyage semble avoir un droit de priorité. Tu l'ouvres et tu en sors l'ordinateur portable. Tu l'installes sur la table de la cuisine, tu prends au passage une pomme dans le frigidaire et tu la croques tandis que l'écran s'allume. Tu regardes comme chaque soir les nouvelles propositions commerciales arrivées dans la journée, la grille des rendez-vous de tes vendeurs. Tes vendeurs ! C'est ainsi que parle « ton » chef, celui qui t'a recrutée. D'emblée, il t'avait paru antipathique lors de l'entretien d'embauche, placé à côté de toi, presque cuisse contre cuisse, ses avant-bras extraordinairement poilus sortant d'une chemisette aux nuances mauve et rose, une vague couleur de tranche de jambon. Il avait quelque chose dans la voix de vulgaire, comme un ricanement permanent. Tu aurais aimé que ton responsable fût le type de l'autre côté du bureau, plus distingué et qui parlait avec une douceur extrême. Mais c'était le DRH du siège de la société, tu ne l'avais plus revu et tu côtoyais maintenant en permanence l'homme à la chemisette dans cette succursale de province. Tu jettes le trognon de pomme à la poubelle et tu regardes plus particulièrement le fichier qui concerne le vieux vendeur. L'ancêtre, comme dit ton chef, et tu sais que ta première vraie mission sera de le débarrasser de lui.

2

Tu l'as vu au séminaire pour la première fois. Le séminaire a duré une journée et demie avec une nuit à l'hôtel, c'est pourquoi tu avais pris un sac de voyage. C'était l'occasion de te présenter à tout le monde, comme avait dit ton chef entre deux ricanements et quelques friselis de poils de bras. Mais tu connaissais déjà la plupart des vendeurs. Tu en avais accompagné beaucoup depuis ton arrivée, du moins quand les sollicitations en réunions variées n'étaient pas trop prenantes. Le monde du commerce t'est familier et c'est un réel plaisir pour toi de retrouver l'ambiance des magasins ou des grandes surfaces. Lorsque tu avais vu l'annonce tu étais alors chef de rayon dans une chaîne d'articles de sport, recrutée sur la base du smic cinq ans auparavant. Mais ton salaire n'avait pas évolué et cet emploi que tu avais pris pour une aubaine au départ ne reflétait pas tout l'investissement que tu mettais dans ton travail. Arrivée à huit heures et partie à vingt, six jours sur sept, les années avaient passé rapidement. Tu étais seule, tu ne dépensais pas grand-chose, un surgelé au micro-ondes le soir, le luxe de t'acheter une voiture sans l'aide de personne, mais les banques te refusaient un prêt pour un appartement. Tu avais vu cette annonce, tu ne sais plus où (un journal gratuit ? une affiche ?), et tu avais rédigé ta candidature un dimanche après-midi sans y croire. Une convocation avait été la surprise. Tu avais ressorti tes cours de marketing et d'école de commerce. Il y avait eu l'entretien avec ton futur chef, cuisse contre cuisse. On n'avait même pas parlé de marketing, ni de commerce. Tu avais été la première éberluée en recevant la lettre d'embauche. Le deuxième a être surpris fut le patron des articles de sport, il avait regardé le salaire qu'on te proposait, presque trois fois plus, avait conclu qu'il n'y avait pas à hésiter. Était-ce par esprit de revanche que tu étais retournée voir ton banquier ? Les choses s'étaient précipitées. Le crédit accordé, tu avais acheté par téléphone un appartement neuf, que tu occupes aujourd'hui dans cette ville, à trente kilomètres au sud de ton lieu de travail. C'était le mot « neuf » qui t'avait séduite. Refaire du neuf, une nouvelle vie, et avec de l'argent.

Tu avais failli pouffer lorsque la secrétaire t'avait demandé s'il fallait te réserver une chambre à l'hôtel pour le séminaire, c'était la première fois que tu entendais ce mot à odeur d'encens, goût d'église, si sérieux, doctoral presque, alors que tu n'avais connu que des *briefings* vite faits sous des paniers de basket, à côté des bancs de musculation *body-sculpture* et des articles *fitness-minceur,* des pots d'anniversaire avec gobelets de plastique posés sur les tables de ping-pong d'expo. Pour le séminaire, on t'avait dit tenue décontractée, tu étais venue en jean et tous les directeurs étaient en cravate, à l'exception de ton chef en chemisette hawaïenne, d'une couleur passée de telle manière que le motif de forêt vierge avait l'apparence d'un champ de blé en Beauce. Le programme du séminaire était simple : résultats du semestre précédent l'après-midi, restaurant le soir, objectifs du semestre suivant le lendemain matin et après-midi détente. Tu avais salué les dix vendeurs que tu connaissais déjà. Restait l'ancêtre, comme le nommaient ton chef et ceux qui voulaient s'attirer ses bonnes grâces. On disait, avec des sous-entendus et des rires rentrés, qu'on ne savait jamais quand il arrivait. Le soir, il n'avait pas participé à la présentation des résultats, n'était pas venu au restaurant. Le lendemain matin, alors que tu prenais ton petit déjeuner, quelqu'un t'avait désigné un type massif, en costume défraîchi, assis seul à une table et tournant le dos : c'était lui. Tu lui avais parlé pour la première fois après la matinée dévolue aux objectifs du semestre à venir. Tu étais intimidée, tu lui avais dit vous. Il avait un regard d'eau trouble, verdâtre, un regard de noyé, avais-tu pensé, alors que tu lui disais vous.

3

Vous êtes sur la route. On ne sait pas où. Cela n'a pas d'importance : vous êtes toujours sur la route. Celle-ci défile, y prêtez-vous encore attention ? Vous avez quitté le séminaire on ne sait pas quand. Vous ne vouliez pas participer à l'après-midi détente. C'était un parcours d'accro-branches, un de ces machins à la mode où s'ébaudissent les enfants et les jeunes parents. Vous ? Vous êtes massif, vous fumez, vous vous essoufflez, vous étiez en costume, rien d'adapté aux ponts de lianes, tyroliennes et autres amusements. Le chef à chemise hawaïenne hurlait comme un sauvage en grimpant au premier arbre, on entendait les rires fayots de ceux qui l'accompagnaient. La nouvelle responsable d'équipe, en jean, n'est pas très causante, mais elle vient d'arriver, c'était celle qui s'en sortait le mieux, une jeune d'allure sportive, elle mène sans doute une vie saine. Assis à une table de clairière, vous les avez regardés partir et s'enfoncer d'arbre en arbre. Ils ont disparu dans la forêt et leurs rires vous sont parvenus, d'abord de façon claire et fréquente, puis de plus en plus assourdis et lointains, répercutés de tronc en tronc, comme des tambours. Vous avez pensé à Rimbaud : *Quand avec mes haleurs ont fini ces tapages, Les Fleuves m'ont laissé descendre où je voulais.* Vous avez alors quitté la clairière et vous avez rejoint votre voiture. Gestes habituels : le veston accroché à l'appuie-tête du siège passager, la clef pour le contact, le moteur qui tourne, la cigarette embrasée par l'allume-cigare. Vous êtes ressorti de la voiture. Vous aviez du temps. Vous avez toujours le temps. Vous avez fumé cette cigarette en tournant autour de la carrosserie dans une sorte de danse lente et empesée, tapant un gravillon du pied, regardant sans les voir les herbes du bas-côté. Après, vous avez écrasé soigneusement le mégot avant de le ramasser et de le jeter dans une poubelle du parking. Puis la voiture s'est éloignée avec votre tête posée comme la boule d'un bilboquet au-dessus du siège.

Nul ne sait où vous êtes en ce moment. Si on vous téléphone, vous ne répondrez pas tout de suite. Vous rappellerez parfois deux heures après et jamais le soir au-delà de la fermeture des magasins. Vous prétexterez un rendez-vous chez un client ou la route à faire. Ce qu'on sait de vous est résumé en un mot : l'ancêtre, celui qui a été le premier représentant de la boîte, à une époque où elle n'avait que deux employés, le patron et vous. Elle en compte une bonne centaine aujourd'hui. Vous continuez à travailler comme si vous étiez deux avec le patron. Mais le patron est mort il y a dix ans, le fils a pris le relais, un gamin qui vous accompagnait tout petit chez les clients et que vous appeliez Toine à la place d'Antoine. Lui aussi est parti depuis trois ans, il a vendu ses parts à un industriel qui travaillait déjà dans la même branche, trop heureux de se défaire si facilement d'un concurrent. L'équipe a été remaniée, on a proposé de nouveaux produits. À la gamme de papiers peints traditionnels s'est ajouté du mobilier, « l'alliance du design et de la qualité », comme l'indiquent les prospectus que vous remettez à vos clients.

Il y a client et client. Vous faites une différence entre les enseignes tapageuses et changeantes de la périphérie et ceux que vous avez connus dès la première heure dans des merceries discrètes de rues commerçantes, des quincailleries centenaires de centre-ville, des bazars hétéroclites qui exposent pêle-mêle des tapettes à souris au milieu d'une gamme de rideaux de douche. Votre premier client, vous le répétez à qui vous écoute encore, était un vieil épicier du

Nord sur le point de raccrocher : grâce à vous, il avait continué quelques années à proposer tout ce qu'on n'attendait pas dans sa boutique. Surprendre, c'était sa joie. Brouiller les pistes, proposer l'inconcevable, mélanger les torchons et les serviettes. Vous aviez étalé les rouleaux de papiers peints derrière le rayon des primeurs. Il avait continué et était mort l'année suivant sa retraite. Belle fin, n'est-ce pas ? On vous regarde avec un air de dégoût quand vous racontez cette histoire, mais vous n'y faites pas attention.

4

Il dit : la confiance, ça ne sert à rien. De nos jours, le client est volatil, il n'a que faire de la confiance, ce qui compte, c'est du *one shot* et avec le plus gros chiffre possible en une seule fois. C'est ça, le commerce, ma cocotte ! Le client est volatil et ton chef t'appelle ma cocotte au bout d'un mois de boulot. Tout cela parce que tu as étudié la veille les bons chiffres de vente de l'ancêtre. Et émis l'hypothèse que sa clientèle lui était fidèle, lui faisait confiance. Et conclu que se séparer de lui risquait de plomber le chiffre d'affaires. Et que le chiffre d'affaires constituait ton objectif majeur, le seul passible de renvoi et marqué dans ton contrat d'embauche. Mais le chef (avec aujourd'hui une chemisette hésitant entre un vert d'eau et un bleu olivâtre) est intransigeant sur ce point. Tu comprends (ma cocotte), ce n'est pas moi qui décide. L'ancêtre, je m'en fous, je le garderais bien, mais il déplaît en haut lieu, il gêne, il n'est qu'une survivance de là où nous ne voulons plus aller. Il nous faut de la rupture. Il tape du tranchant de la main sur son bureau, les poils des avant-bras tremblent. Tu sursautes. Il est content de son effet, fait mine de recommencer, mais sa main retombe mollement cette fois. Puis, de nouveau conciliant, il sourit, se lève, écarte les persiennes de son bureau. Dans la cour, on entend les camions qui manœuvrent. Il tente d'ouvrir la fenêtre, mais elle résiste. Font chier, avec leur clim, on doit tout calfeutrer. Se renfrogne. Tu le regardes s'agiter, puis contourner le bureau et venir s'affaler pesamment sur le canapé de cuir blanc (cadeau d'un fournisseur) appuyé au mur d'en face. Il te regarde, vaguement absent ou absorbé par quelques pensées confuses, bras en croix étalés sur le dossier du canapé, la chemisette vert d'eau ou bleu olivâtre sur le grain immaculé d'un cuir de buffle. Il te toise, assis plus bas que toi, ses auréoles aux aisselles, et toi à deux mètres de lui sur la chaise à roulettes devant le bureau, tu te sens mal à l'aise, presque déshabillée, et tu crispes tes pieds croisés derrière le pivot du siège. Ce matin, tu as remis un jean. Après le séminaire, tu t'y sentais autorisée. Jusqu'ici tu n'avais osé que les tenues classiques qu'on t'avait conseillées à l'école de commerce, la plupart du temps un pantalon de tergal noir, une veste courte assortie et un chemisier blanc. Mais, à part les représentants affublés d'une cravate, ceux qui travaillent dans les bureaux sont en tenue décontractée, comme la responsable des finances, toujours en robe indienne et qu'on entend arriver au fond du couloir dans des cliquetis de colliers extravagants. Là-bas, d'ailleurs, dans ton précédent travail aux articles de sport, le jean était déjà ta tenue habituelle et… Il répète sa phrase et tu t'aperçois que tu n'as pas écouté : La rupture, il faut jouer la rupture. Je suis sûr que tu m'as compris. Il y a des tutoiements qui ont des allures de menace. Tu penses en cet instant précis à ta sœur, sans savoir pourquoi cette pensée vient s'incruster dans ce bureau d'arriviste à canapé de cuir blanc, reproductions de Gauguin et de Picasso sur les murs et l'inévitable balle de golf négligemment posée sur le plateau en verre du bureau. Elle vient te voir ce week-end, ta petite sœur. Ton chef continue : Mais, après tout, c'est toi la responsable des ventes. À toi de me démontrer comment il faut réorganiser l'équipe pour conserver le même volume d'activité en se séparant de l'ancêtre.

5

Ils désertent, dit le pompiste et vous comprenez « île déserte » peut-être à cause du flot ininterrompu de voitures qui passent lentement devant la petite station-service isolée au milieu de la mer de bitume avec ses deux pompes essence et gasoil, son auvent en forme de paillotte, son arbre rachitique à côté de la vitrine, si éloigné pourtant d'un palmier ou d'un cocotier. Oui, ils désertent leur pays, les Boches, les Bataves, chaque année c'est la transhumance et, dans un mois, ce sera sur l'autre voie. Et encore, s'ils s'arrêtaient ici pour faire le plein. Il désigne le propriétaire d'une Mercedes qui nettoie consciencieusement son pare-brise avec le matériel de la station. Mais bon, ils sont pressés, les touristes, pas le temps d'attendre, et moi je fais le service à l'ancienne, dit-il en désignant les pancartes « on vous sert », « prière de ne pas se servir soi-même ». Vous fumez une cigarette en regardant par intermittence entre les véhicules la devanture du magasin de vêtements qui fait face à la station. En lettres roses sur fond mauve, il est écrit « À la mode d'ici ». Ici, c'est un de ces bourgs en bordure de nationale. Le trafic y est toujours dense, mais les habitants se sont lassés de réclamer une déviation. La station, coincée entre deux feux tricolores, doit servir uniquement des habitués, des camionnettes d'artisans, des retraités du village, un peu d'essence pour les tondeuses qui vrombissent le samedi. Et après, traversent-ils la route, vont-ils en face se vêtir « À la mode d'ici » ? Le pompiste, en bleu de travail taché d'essence, répète sa phrase : Moi je fais le service à l'ancienne. Heureux de sa trouvaille, comme s'il découvrait soudainement sa raison d'être, de se lever chaque matin, d'habiter dans ce bled barré d'un trait de goudron, rayé de bruit et de suie. Un camion change de vitesse dans un sifflement de turbo avant de piler au cul d'une caravane bloquée par le feu suivant. Ah, faudra pas être pressé aujourd'hui, ça bouchonne jusqu'à… Il cite le nom d'un lieu que vous ne connaissez pas, que vous oubliez aussitôt. Vous, vous n'êtes jamais pressé, vous auriez même bien attendu un peu si d'aventure le pompiste avait servi quelqu'un d'autre. Mais il était inoccupé. Je vous fais le pare-brise ? Vous acquiescez sans un mot. Vous écrasez votre cigarette entre deux taches huileuses avant de ramasser soigneusement le mégot. Vous payez, puis vous repartez vous immiscer entre un camion slovaque et un camping-car hollandais. L'enseigne mauve « À la mode d'ici » disparaît lentement dans le rétroviseur.

La radio annonce deux cents kilomètres de bouchon, ce sera pire demain. Mais tout cela ne vous émeut guère. Depuis le temps que vous circulez, vous ne comptez plus les week-ends de chassé-croisé. Vous serez en vacances les trois dernières semaines d'août, c'est comme ça depuis toujours. Vous avez gardé cette habitude prise du temps où vous n'étiez que deux dans la boîte. Le patron partait en juillet, vous restiez une semaine tous les deux début août pour régler les retards accumulés pendant l'année, puis c'était votre tour. Mais on est début juillet et les vacances sont encore loin. D'ailleurs vous ne les attendez même pas, vous ne l'avez jamais fait, vous n'allez pas commencer maintenant. Pour l'instant, c'est vendredi et vous avez décidé de passer le week-end dans cette ville de l'Aisne. Vous avez rendez-vous lundi à *Déco rêve,* un client de vingt ans. Vous êtes encore à deux heures de route, coincé dans le flot des véhicules et aucunement pressé d'arriver. Vous pouvez prédire exactement comment se déroulera votre week-end, il n'y a pas à s'inquiéter, juste suivre à bonne distance le véhicule de devant et surveiller le pare-chocs de celui de l'arrière. Et c'est peut-être cela, votre vie, quelque chose de prévisible parce que vous avez toujours su être à bonne distance. Vous savez exactement ce qui se passera dans deux heures, le parking en face de l'hôtel, le moment où vous arrêterez le moteur, où vous sortirez de la voiture, avec votre petite valise des week-ends. Vous entendez déjà les claquements secs de la portière et du coffre. Vous remarquerez le chant des merles sur les arbres de la place lorsque vous la traverserez dans les ombres roses et grandissantes du soir. La tenancière de l'hôtel sera désagréable comme d'habitude, vous la connaissez pourtant depuis longtemps, mais on dirait qu'elle n'a jamais réussi à s'habituer à vous. Vous aurez la petite chambre au palier du premier. C'est la plus mauvaise, la plus petite, celle qui donne sur le toit des cuisines avec l'odeur de friture qui s'échappe de la cheminée d'aération. Vous l'avez deviné lorsque vous avez appelé pour réserver, sa manière de dire qu'il ne lui reste plus grand-chose. Pourtant l'hôtel sera vide ou presque. Peut-être un couple ou deux, invités pour une noce dans le coin, que vous croiserez dans les escaliers, perdus dans leurs habits de soirée. Mais vous vous en moquez, vous goûtez par avance tout ce qui va se dérouler ce week-end. D'abord l'arrivée dans la chambre, la valise jetée en travers du lit, la fenêtre que vous ouvrirez pour aérer, que vous refermerez aussitôt à cause de l'odeur des cuisines. Vous vous laverez les mains, vous puiserez de l'eau en conque dans vos paumes, vous apprécierez le contact de cette eau fraîche sur votre visage que vous essuierez avec la serviette blanche et rêche en soufflant dedans votre fatigue. Vous retirerez votre veston, votre chemise, votre cravate, vos chaussures, vos chaussettes. Vous enfilerez une chemisette propre, votre paire de chaussures ajourées, dessus microfibre et aspect daim, que vous avez acquises un jour de soldes juste après avoir visité un *Brico plus* en Isère et qui sont si confortables les pieds nus. Vous ressortirez de la chambre, passerez devant la réception en espérant que la duègne soit absente. Vous quitterez l'hôtel, traverserez à nouveau la place en direction du restaurant chinois. Ce qui vous ferait plaisir, c'est un rouleau de printemps bien frais accompagné d'un plat de porc à l'ananas et au soja. Vous prendrez un quart de vin rosé. Entre le rouleau de printemps et le plat de porc, vous sortirez devant l'enseigne lumineuse pour fumer une cigarette. Vous regarderez quelques passants, la course de deux ou trois mobylettes autour de la statue. Avec le long crépuscule, le ciel demeurera clair et sans étoile. Vous retournerez à l'intérieur. La serveuse sera polie, la musique chinoise. Vous partirez après avoir longtemps hésité quant au dessert, pour finalement prendre deux boules de glace vanille-fraise. Vous retraverserez en fumant une dernière cigarette. Le crépuscule sera toujours aussi interminable, le ciel encore d'un blanc laiteux au-dessus des ombres de la place. Dans votre chambre, vous vous allongerez de suite sur le lit en chopant au passage la télécommande du téléviseur. Vous retirerez en poussant d'un pied sur l'autre vos chaussures ajourées en microfibre et daim. Vous zapperez. Sur la une, cette émission stupide où un animateur rigole en badigeonnant une candidate de crème à raser. Sur la deux, un documentaire sur nos amis les pompiers, sur la trois « Thalassa », sur la quatre, chaîne cryptée. Vous zapperez ainsi allongé, vos pieds libérés, votre pantalon de tergal chiffonné, vous zapperez jusqu'à ce qu'une étoile vous fasse signe par la fenêtre. Ce sera la nuit et vous fermerez les persiennes. Vous lirez en attendant de trouver le sommeil. Vous dormirez mal parce que vous dormez toujours mal. Vous vous réveillerez pâteux le lendemain avec cette habituelle envie de vous racler la gorge pendant des heures. Vous descendrez prendre le petit déjeuner à la réception. Vous lirez le journal, regarderez les nouvelles du monde, la page des sports, les rubriques nécrologiques d'inconnus à la vie bien remplie. Vous remonterez dans votre chambre, vous fumerez, trierez le linge sale de votre valise, la télé en fond sonore. Plus tard, vous reprendrez votre voiture (vous laissez les bagages dans votre chambre, vous avez réservé trois nuits), vous traverserez au hasard la ville, vous tomberez immanquablement sur une zone commerciale de la périphérie. Vous trouverez un pressing, puis vous irez arpenter les allées d'un hypermarché, vous prendrez peut-être un chariot pour faire comme tout le monde. Vous regarderez les téléviseurs, les percolateurs, les sèche-cheveux, les frigos. Vous essayerez une chemise, une ceinture. Vous achèterez quelques slips, une paire de chaussettes. Vous hésiterez pour la chemise. Vous ressortirez. Plus tard il vous faudra déjeuner et vous vous dirigerez vers une cafétéria que vous avez repérée. Vous prendrez des frites et de la sauce au poivre sur votre steak. Vous regarderez les familles aux tables voisines, un père aux mains lourdes qui coupe la viande de sa fillette, une femme qui épluche une mandarine, deux frères qui chahutent. Après le café, vous rejoindrez votre voiture, prendrez la direction de l'hôtel. C'est là que vous croiserez dans les escaliers les invités de la noce dans leurs habits de fête. Dans votre chambre, en écoutant la télévision, vous déballerez vos achats. La chemise (si vous l'avez prise) vous paraîtra trop large au cou mais trop serrée sur le ventre. Vous avez grossi. Vous devriez faire du sport : c'est ce que vous penserez et, comme à chaque fois, vous conclurez qu'avec votre métier de représentant, c'est difficile. Ce sera le soir lorsque vous ressortirez. Vous repartirez en direction des quais et de la rivière. Les pierres seront chaudes, l'eau animée de reflets métalliques. Il y aura un cinéma. Vous regarderez le programme sans vous décider. Enfin si, vous déciderez d'aller au restaurant, une pizzeria pour changer. Vous prendrez une quatre-fromages et un pichet de rosé. Comme hier, vous irez fumer devant la vitrine entre deux plats. Comme hier, ce sera un beau soir tranquille. Vous rejoindrez l'hôtel en faisant un détour. Vous passerez devant une brasserie, serez tenté d'y entrer pour discuter au hasard de rencontres, de types comme vous, solitaires ou qui s'emmerdent chez eux un samedi soir. Si vous avez de la chance, vous rentrerez tard, ivre de paroles écoutées, de banalités de comptoir. Tu reprends quelque chose ? Tutoiements de fortune sur la béquille du zinc. Vous aurez remis votre tournée, on vous aura rendu la politesse. Revenu à l'hôtel, devant la télé éteinte, vous goûterez à la maigre victoire de cette soirée sans artifice, oubliable mais vivante, enracinée dans le rien qui forme votre vie. Le dimanche sera vite venu, un jour blanc, rues vides, rideaux baissés des magasins, seules quelques odeurs de pain frais, d'aftershave au passage de piétons, un jour laissé au hasard, à l'errance, au désert de la chambre, l'abandon du dehors, vous n'avez rien prévu, vous ne prévoyez rien, c'est le dimanche du sacré, le jour du Seigneur, et le patron c'est vous durant ces heures, juste laisser filer le temps devant, ne pas chercher à le rattraper, regarder par hasard une émission sur l'art moderne qui vous captive de manière inattendue, l'observation d'un merle qui mange des baies de laurier tandis que vous fumez une cigarette à la fenêtre, la lecture pointilleuse des brochures touristiques disposées à l'accueil, ce banc au milieu d'un parc que vous ne voyez pas, absorbé par vos mots croisés, le restaurant chinois dans lequel vous irez encore par manque d'imagination.

C'est cela qui vous attend tandis que vous êtes encore ce vendredi soir à deux heures de route de votre client de lundi matin, *Déco rêve,* vingt ans que vous le connaissez. Vous n'êtes aucunement pressé d'arriver. Vous avez toujours su être à bonne distance.

6

Lorsque ta petite sœur sonne à la porte, tu es encore à ton ordinateur. Même le samedi, tu n'arrêtes jamais, dit-elle. Tu hausses les épaules, tu sais ce qui va suivre, l'intello de la famille, celle qui veut réussir, celle qui renie sa classe, tout un discours que ta mère te tenait aux heures des repas jusqu'à ce que tu t'enfermes dans ta chambre. Le bac ne te suffit pas ? Tu ne veux pas travailler ? Tenir bon jusqu'au diplôme universitaire, puis la licence, puis l'école de commerce. Tu veux nous mettre sur la paille ? Mais le soutien du père, déjà malade, et l'héritage de la grand-mère, arrivé à point nommé. Tout cela pour faire vendeuse. Tu avais répondu chef de rayon. C'est pareil, tu es au magasin comme les autres employés, avait répondu la mère. C'était un jour où elle était venue par hasard, avait-elle dit, puis se trahissant aussitôt : pour voir. Et elle avait vu : toi dans les rayons avec le gilet aux couleurs du magasin, vêtue comme tout le monde, de la caissière à la retoucheuse, du mécanicien des cycles au vendeur d'articles de pêche. Toi comme les autres, fondue dans la masse, ça avait servi à quoi tous ces sacrifices, les pantalons noirs, les jupes droites, les chemisiers et les blazers, toute une mode d'école de commerce qui te vieillissait et qui « coûtait bonbon » (combien tu haïssais alors l'expression) pour te voir ainsi trois ans plus tard arpenter des rayons en jean et gilet avec marqué sur le dos « la puissance d'un grand groupe ». Heureusement ton père n'était déjà plus là pour te voir. Ta mère lui prêtait des pensées qu'il n'aurait jamais eues. Tu avais pleuré longtemps ce soir-là, sale souvenir. Ton père n'était déjà plus là et ta petite sœur était partie en apprentissage. Et la voilà maintenant, au chômage. Demandeuse d'emploi, elle rectifie. Enfin bon, sans la mère, le contact est déjà plus facile, vous avez appris à vous connaître, à réduire les années d'écart. Elle passe de temps en temps, et aujourd'hui c'est la première fois dans ce nouveau logement. Alors fais voir, dit-elle en ouvrant les portes de chaque pièce avec sa brusquerie habituelle mais souriante, vive, toujours intéressée. Tu fais le tour du propriétaire, avec cérémonie, et oui, propriétaire, c'est bien le mot, la première de la famille à posséder quelque chose, trois pièces propres et blanches.

Ça sent encore le neuf, dit-elle. Tu montres les cartons, les ampoules nues qui pendent au plafond. Je vais emménager petit à petit. Elle regarde par la fenêtre l'immeuble d'en face et ses pancartes « à louer » ou « à vendre » accrochées aux balcons. Ça craint par ici ? Pas plus qu'ailleurs. Tu pars tôt et tu rentres tard, tu croises quelques voisins discrets, pareillement pressés, les rues sont souvent vides et tu n'as pas eu le temps de remarquer quelque chose d'inquiétant. Il est vrai que beaucoup de logements sont vacants par ici. Tu mets cela sur le compte de la crise. La crise, elle a bon dos. Ta petite sœur enchaîne : Mais c'est vrai que c'est le bout du monde par ici. Ça ne t'avait pas choquée quand tu as visité l'appartement la première fois. Tu ne connaissais pas la région. Il fallait rouler pas mal, traverser des champs pour se retrouver dans cet étrange quartier neuf, citadin presque, avec ses avenues à terre-plein central, ses lampadaires, les emplacements réservés pour des arrêts de bus qui n'existent pas encore, ses petits immeubles coquets. Une pancarte indiquait « Cœur de ville » à deux kilomètres. Tu étais allée voir : c'était la place d'un village, quelques maisons anciennes et sans cachet, l'inévitable église faisant face à une charcuterie, un peu plus loin un commerce abandonné, son enseigne en lettres de plastique délavé, un 7 (qui, à la réflexion, devait être un

L retourné), puis des points de colle marquant des caractères absents, la fin du mot indiquant IRIE. Les vitrines opaques barbouillées de blanc, les affiches collées sur la porte (à vendre ou à louer, s'adresser à la mairie), l'annonce d'une tombola passée depuis plusieurs mois (premier prix : un four à micro-ondes). Tout cela était triste, comme ces villes abandonnées qu'on voit dans les westerns avec les buissons qui roulent au vent dans la poussière. Tu avais conclu qu'il valait mieux habiter à la périphérie. Le jour où tu avais signé la vente, tu avais appris qu'on construisait une prison à quelques kilomètres. Une prison modèle pour des détenus à longue peine, avait dit le boulanger. Pas la peine de s'en faire, on les verra jamais, les détenus, mais ça va apporter de l'activité, le personnel, les gardiens, peut-être même des avocats, avait-il renchéri. Ta sœur continue de regarder au-dehors, vers les emplacements de parking. J'ai changé de voiture, dit-elle, une sacrée occase, une Golf avec très peu de kilomètres qui avait fait un tonneau, mais rien de grave. J'ai tout réparé. Ta sœur est mécanicienne. Carrossier, précise-t-elle toujours. Et c'est pour cela qu'elle ne trouve pas de travail. La législation oblige l'employeur à des vestiaires séparés pour hommes et femmes et ce n'est jamais le cas, même chez les plus gros concessionnaires. L'une qui se pavanait en uniforme d'école de commerce et l'autre en bleu de mécano. On lui aura tout fait, à la mère ! Vous riez. Mêmes expressions de visage. Vous êtes complices maintenant, c'est agréable. J'ai fait des lasagnes. Ce qui veut dire que tu as acheté une barquette surgelée que tu as enfournée dans la vieille cuisinière de la grand-mère. Tu installes deux assiettes dépareillées sur la table. La cuisine n'est pas ton fort et la décoration non plus. Le déménageur était dépité en venant faire le devis du petit deux-pièces que tu allais quitter. Que ça ? Vous n'avez pas un copain avec une camionnette ? Parce que ça va vous coûter bonbon pour pas grand-chose. Tu avais insisté, exprès pour montrer que tu avais maintenant de l'argent, exprès parce qu'il avait dit que « ça coûtait bonbon ». Quelques cartons, des étagères en mélaminé, un canapé convertible, un lit, la cuisinière de la grand-mère, un micro-ondes, une cafetière, une armoire, un bureau sur lequel tu prenais tes repas, des bibelots, des livres, les fringues de l'école de commerce, ajoutés aux jeans du magasin d'articles de sport, c'était tout ce que tu possédais. Arrivée à ton nouvel appartement, tu avais fait la liste de ce qu'il te fallait : un frigo avec compartiment congélateur (l'ancien était intégré à la cuisine du deux-pièces), une table de cuisine et quelques tabourets, histoire de meubler un peu. Tu avais acheté aussi une table basse, des cacahuètes, une bouteille de whisky et du Coca, des fois que tu aies dans l'idée de recevoir du monde. Mais tu as beau faire : tu n'arrives pas à occuper plus de deux pièces, il en reste une dans laquelle tu ne te rends jamais, là où tu as relégué le bureau et les étagères, vague idée d'en faire une bibliothèque plus tard. Le livreur du frigo en voyant le capharnaüm avait dit : Alors, on s'installe dans la vie ? Puis aussitôt : Je sais ce que c'est, j'ai une fille de votre âge. Mal à l'aise, tu l'avais poussé dehors avec un pourboire. S'installer dans la vie, qu'avais-tu fait d'autre jusqu'à présent ?

7

C'est le lundi matin, vous êtes chez *Déco rêve*. C'est écrit sur la façade en bleu terni par les années, écrit une fois pour toutes depuis vingt ans au-dessus des trois vitrines. À gauche, les rideaux exposés en plis savamment déployés, que le propriétaire change quand le soleil a fait passer les couleurs. Au milieu, les papiers peints en rouleaux mi-déroulés, que le propriétaire vous commande trois fois par an. À droite, au plus près de la rue, quelques meubles disparates, une chaise paillée, une commode en pin, que le propriétaire n'a jamais remplacés. Le propriétaire : un type devenu bedonnant, calvitie qui s'élargit à chacune de vos visites, mais qui semble toujours vêtu du même pull-over sans manches à mailles bleu marine au-dessus de ses chemises boutonnées jusqu'au col. Il vous reçoit avec empressement, comme si cette visite allait changer le cours morne de sa boutique *Déco rêve* dans laquelle n'entrent plus que quelques habitués, des retraités pour qui le rêve s'étiole en décoration pastel, en petits changements étriqués, ici un meuble à chaussures pour remplacer celui qui s'est écroulé de vieillesse, là un rideau pour calfeutrer un courant d'air, là encore une tapisserie à refaire que les griffes d'un chat, maintenant perclus de rhumatismes, ont autrefois transpercée. Il vous appelle par votre prénom à force, mais continue de vous vouvoyer. Vous avez été le témoin de son installation, de tous les rêves qu'il réalisait alors à travers la boutique de déco, tant désirée par son épouse, une petite blonde à permanente qui n'aura tenu le magasin que trois ans, avant que la maladie ne l'emporte. Il prononce ce dernier mot dans un sanglot et c'est à chacune de vos visites le même chagrin qu'il vous ressert. Non, ils n'ont pas eu d'enfants. Oui, il continue pour elle : elle aurait été si contente !

Vous sortez vos échantillons et c'est le même cérémonial. On vous attend pour ça. Vous êtes connu pour ce que le chef aux bras poilus appelle vos « conneries ». C'est une idée qui vous est venue au tout début, vous aviez juste vingt ans. Votre patron d'alors, c'est-à-dire l'unique autre employé, vous avait engagé pour aller vendre ces papiers peints fabriqués en Allemagne et dont il était devenu le distributeur exclusif en France. Mais les échantillons étaient vite devenus encombrants. Vous transportiez dans un vieux break Ford Taunus (votre première voiture, en fait celle du patron, qu'il vous prêtait en semaine) des monceaux de rouleaux qui ne pensaient qu'à se dérouler à la première occasion, qu'il fallait trier devant les clients, bref tout un micmac pas très professionnel. Un jour où il vous avait fallu enrouler de nouveau les papiers répandus sur le plancher de la Taunus, votre client vous avait suggéré de relier des échantillons « comme un livre ». Vous aviez tout apporté à un artisan et vous aviez récupéré quelques jours plus tard trois volumes de vos échantillons reliés en cuir pleine fleur. Par la suite, après les civilités d'usage, les premiers mots à vos clients étaient : Vous connaissez l'histoire du papier peint ? Non ? Ça tombe bien, j'ai les œuvres complètes... Vous sortiez deux ou trois volumes. Il s'ensuivait un silence. Et d'ailleurs, aujourd'hui encore, lorsque vous étalez sur la table l'un de ces luxueux tomes, le même silence s'installe. Cette fascination devant l'objet, la couverture de cuir bistre, tabac, havane ou châtaigne, suivant l'éclairage, vous étonnera toujours, comme si une sorte de secret allait jaillir de ces carrés de feuilles somptueusement reliées. Vous profitez de la stupéfaction : souvent, selon votre interlocuteur, vous adaptez votre discours en égrenant les échantillons. Devant un motif traditionnel, rehaussé de rouge profond, vous évoquez les forêts du Harz, les futaies où se cachent des cerfs si vieux qu'ils ont peine à relever la tête à cause du poids de leurs cors. Devant un imprimé moderne comme il en fleurissait tant dans les années soixante-dix, vous faites allusion aux ambiances décontractées des bars de Hambourg ou de Hanovre, directement inspirés de ceux de San Francisco. On vous croit sur parole. On ne demande qu'à croire de belles histoires, pourvu qu'elles soient racontées sans hésitation et avec conviction. Et, de l'assurance, vous en avez eu dès le début, vous en avez toujours. Vous parlez vite et aisément, vous avez gardé de votre père qui fut instituteur à Bône en Algérie un français irréprochable, comme si les colonies n'avaient servi qu'à conserver sous écrin les traditions du subjonctif, les tournures alambiquées et toute la rhétorique des phrases à double, triple ou quadruple détente, propositions principales suivies de propositions relatives, toute une mécanique mise en branle autour de compléments circonstanciels, de lieu, de temps ou de moyen, tout un aréopage de mots parfaitement huilés, servant à ajuster au mieux une pensée claire et transparente. En plus, des phrases servies avec une voix assez basse, tannée par la cigarette, étrangement désunie sur deux tons, comme ces cordes doubles d'instruments dont l'une est accordée un poil plus bas que l'autre afin de doter le son d'une résonance, d'un écho particulier. L'acteur Michel Piccoli possède une de ces voix. Vous y ajoutez un peu de chaleur.

Donc le type bedonnant à calvitie et pull-over sans manches bleu marine vous accueille, on est lundi matin et, comme chaque fois, il vous explique que le lundi est jour de fermeture, beaucoup plus pratique pour lui de vous recevoir sans être obligé de servir des clients. Et vous, comme chaque fois, vous vous demandez qui peut bien encore pénétrer chez ce *Déco rêve* à façade écaillée, loin de tout, au beau milieu d'un axe passager qui relie la vieille ville et les quartiers neufs. Comme chaque fois, vous êtes au comptoir, il pousse le téléphone afin de vous faire déballer vos volumes et, au moment où il aperçoit la couverture de cuir pleine fleur (de couleur bistre, tabac, havane ou châtaigne), il vous propose de passer dans son bureau. Nous serons plus à l'aise. Le bureau n'est pas plus grand, simplement vide, garni d'une simple desserte métallique pour modeste employé, sur laquelle vous posez le premier livre, et c'est alors qu'il vous propose : Vous voulez un café ? Vous refusez. Vous refusez toujours, non pas parce que vous n'aimez pas le café, mais parce que vous avez pris l'habitude de refuser tout ce qui vous paraissait aller à l'encontre de la rigueur allemande que vous représentez. D'ailleurs, vous commencez de suite le grand jeu, vous êtes là pour ça, votre interlocuteur attend et prend un air pénétré, sourcils froncés, plis du front sous la tonsure, un air presque douloureux. Vous ouvrez le livre au hasard. Motif de moulins à café et de fruits. Vous commencez : C'est pour une cuisine. On le voit au premier coup d'œil. Et c'est pour cela que les Allemands auront toujours une longueur d'avance. Avec eux, pas d'hésitation, droit au but. Un papier pour chaque pièce. On en a des choses à apprendre d'eux, pas vrai ? Front soucieux acquiesce, se détend. Vous allez parler comme cela pendant une heure, avec votre belle voix à double ton. Il vous écoutera, s'animera au fur et à mesure de la conversation, comme s'il retrouvait un rôle, une raison d'être, un motif de continuer ici encore un peu, il l'a promis à sa femme sur son lit de mort. Continuer, maintenir, poursuivre, prolonger, perpétuer. Vous persévérez tous deux, lui pour sa femme, vous par habitude. À la fin, vous sortez un bon de commande. Il vous prendra de quoi tapisser des salons, des salles à manger, des chambres, des couloirs, des cuisines (sans oublier plusieurs centaines d'impressions de moulins à café et de fruits). Il vous serrera chaleureusement la main. Vous demandera de revenir dans trois ou six mois avec insistance. Il en aura besoin, dit-il. Vous sortez de *Déco rêve* en vous demandant comme d'habitude ce que deviennent les stocks d'invendus qu'il vous achète.

8

Tu refais les calculs pour la centième fois. Tu as beau essayer toutes les options possibles, aucune n'est satisfaisante. Si on se sépare de l'ancêtre, il y aura inévitablement un manque à gagner, un trou dans le chiffre d'affaires. Il faudrait embaucher, mais ton chef t'a fait comprendre que ce n'est pas possible en ce moment. La conjoncture, la crise, pas seul à décider, les prétextes habituels. Alors tu recommences en remaniant les équipes des vendeurs. Tu te demandes d'ailleurs comment a fait l'ancêtre pour développer la distribution dans tout le pays. On le voit sur une photographie que tu as retrouvée dans un vieux dossier. Il pose avec le patron devant un break à calandre chromée. Tous deux sourient, clignent des yeux devant le soleil. Il a l'air si jeune. Les deux d'ailleurs ont cette assurance malhabile d'enfants en train de préparer des blagues. Maigre, la cravate de guingois portée comme un licol sur un costume brillant, l'ancêtre a eu vingt ans. C'était une époque à pantalons étroits à la taille et larges du bas, on arborait des cols à pointes démesurées. Tu possèdes un cliché de ton père habillé de la sorte, même aspect juvénile. Tu aurais aimé connaître cette époque. Tu retournes à tes calculs. Pour bien faire, il faudrait déplacer le commercial qui s'occupe de la Normandie vers le Nord et décaler deux ou trois des quatre représentants de Paris vers l'Est. Ce qui augmenterait les zones d'action de plus de trois cents kilomètres. Et même, en admettant que chacun s'y plie de bonne grâce, ils ne pourront assurer la présence continuelle que l'ancêtre avait sur près d'un quart de la France. Bref, si on arrive à maintenir la moitié de son chiffre d'affaires, ce sera déjà beau. Un cliquetis de colliers annonce la responsable des finances devant ta porte. Elle vient te dire que la secrétaire dont vous partagez toutes les deux les compétences est absente. Malade, soupire-t-elle en levant les yeux au ciel. La troisième fois ce mois-ci. C'est toi qui es sa responsable, non ? Elle repart dans le même tintement de verroterie. Soudain, tu te sens lasse aussi. Peut-être n'était-ce pas une si bonne idée que d'accepter ce travail, fût-il bien payé. Tu regardes encore la photographie des deux hommes, la voiture à calandre brillante, le soleil éclatant que l'on devine, leur sourire heureux. Qu'est-ce qui a cloché depuis ? Plutôt rien.

Les choses ont suivi leur cours, ce qui devait croître et se développer s'est réalisé. On embauche deux secrétaires, quelques commerciaux, la boîte continue de prospérer. On déménage. On crée des entrepôts pour stocker les papiers peints dont on est distributeur exclusif. On achète des camions. On recrute des routiers, des assistantes commerciales, de nouveaux représentants. La boîte grandit encore. On se dote de responsables : un pour le transport, un pour les finances, un pour les commerciaux. La boîte toujours plus grosse, trente ans qu'elle tient. On vieillit, on revend, et maintenant les fruits tombent dans l'indifférence générale. Tu repousses la photographie. Nous avons changé d'époque et, dans l'immédiat, tu te vois mal proposer la réorganisation des secteurs commerciaux à ton chef, non par peur qu'il refuse, mais qu'il accepte, te laissant seule responsable, du moment que personne ne soit embauché et que l'ancêtre ne soit plus là. Et justement l'ancêtre. Pourquoi ne pas le rencontrer avant de décider quoi que ce soit. Se faire une opinion. Et après tout, il est co-fondateur de la boîte. Tu décroches ton téléphone. Tu tombes sur sa messagerie. J'aimerais vous rencontrer rapidement. Pouvons-nous convenir d'un rendez-vous ?

9

Vous pénétrez dans le restaurant, votre téléphone à l'oreille. Le patron, occupé avec d'autres clients, vous fait signe de loin et désigne votre table habituelle. Vous acquiescez et vous vous asseyez machinalement en écoutant le message. Puis vous rangez le téléphone dans la poche de votre veste. Le patron est maintenant devant vous, un moustachu à voix forte. Qu'est-ce qu'on fait ? On attend encore ? Il désigne le couvert et l'assiette posés en face de vous. Oui, il va arriver, vous dites. Il, c'est votre fils, trente-trois ans, deux enfants de quatre et trois ans, VRP comme vous. Enfin, quand vous lui dites que vous êtes représentant, il répond pourquoi pas commis voyageur tant que tu y es ? Vous vous rencontrez au hasard d'étapes commerciales. Son secteur est parisien, aussi lorsque vous frôlez la grande banlieue, comme aujourd'hui Creil, vous lui faites signe. Il arrivera en retard, vous le savez. Il arrive toujours en retard. En sueur aussi, avec une lourde mallette dans chaque main. Les échantillons dans l'une et l'ordinateur dans l'autre. Parce que si je les laisse dans la voiture, on risque de tout me piquer, et sans ordinateur, je ne peux rien faire. Il ajoutera aussitôt : Ah oui, je sais : l'informatique et toi. Elle reste dans votre valise, l'informatique. Tout un fatras que vous ne déballez pas, qui vous intéresse peu, et d'ailleurs vous ne vous souvenez jamais de toutes les manipulations qu'il faut faire pour se connecter. Vous palliez cela en envoyant des fax à l'assistante commerciale afin qu'elle saisisse les chiffres de vos ventes à votre place. Avant, c'étaient des télex, mais même le service fax tend à disparaître maintenant des bureaux de poste. Il arrive comme vous l'aviez prévu, en sueur avec ses deux mallettes. Il a encore un peu grossi, on dirait. Ses cheveux deviennent clairsemés, déjà. À chaque fois, vous êtes étonné de constater combien il a les mimiques de sa mère, cette manière de sourire, un peu moqueuse, en donnant un petit coup de menton. Il raconte en détail les difficultés de circulation pour sortir de Paris. Puis enchaîne aussitôt sur sa nouvelle voiture de fonction, une Audi A6 flambant neuve. Et toi, tu as toujours la Citroën ? Le patron moustachu demande si vous prendrez des apéritifs. Vous dites non et juste de l'eau minérale gazeuse. Il repart résigné. On peut jeter un coup d'œil circulaire aux autres tables, occupées majoritairement par des représentants, il n'y a pas un verre d'alcool. Le vin ou la bière en revanche fleurissent dans les étapes du soir, lorsque les mêmes représentants tombent la veste et la cravate, lisent les actualités dans les quotidiens locaux avant de regagner leur chambre d'hôtel. Vous demandez des nouvelles de votre belle-fille et des enfants. Il répond d'abord par les enfants et vous viennent quelques images des rares fois où vous les avez vus : un anniversaire par-ci, un Noël par-là. Quant à Clara, dit-il… Il a ce geste incertain du bras qu'on peut interpréter au mieux comme une indifférence, au pire comme une désaffection, un désintérêt de ceux qui mènent à la séparation ou au divorce, et vous savez combien ces métiers faits d'éloignements et de route sont peu enclins à résister au quotidien d'un foyer qui repose seulement sur l'autre. Vous n'osez pas le questionner. Somme toute, il le faudrait, mais le fils a baissé le regard sur son assiette de radis-beurre. Le repas sera ainsi, dans l'esquive des sujets familiaux, lui vous en voulant peut-être de n'avoir pas su rester avec sa mère, vous, parce que vous avez vécu ce qu'il s'apprête à subir, l'errance au point de rentrer chez soi comme un étranger et, en dernier recours, le refuge immense de l'asphalte, l'abandon, la désertion. Vous parlez donc de boulot. Enfin, surtout lui : il vous raconte le changement des chefs de secteur, les plans marketing foireux, les applications informatiques qui vous pistent de plus en plus, tout un vocabulaire qui vous réunit, comme deux VRP, alors que vous aimeriez qu'il vous traite comme un père, afin que vous lui répondiez comme à un fils, ce que vous n'avez jamais su faire avant. Vieux élans de tendresse. Vous vous souvenez de la fois où vous l'aviez installé dans le manège d'un centre commercial en attendant que sa sœur ainée, accompagnée de votre épouse, sorte d'un magasin. Il avait une mine si sérieuse, à califourchon sur un cheval de plâtre. À chaque tour de manège, le soleil d'une verrière venait illuminer ses cheveux blonds. Tu m'écoutes ? Il penche sa tête en avant, on voit encore plus sa calvitie. Vous acquiescez et il reprend : Il me file tout son portefeuille de clients. Personne n'en voulait. Résultat : après trois mois, j'ai doublé le chiffre d'affaires. Vous hochez la tête. Ô combien vous les connaissez, ces vantardises de vendeur, toujours les mêmes. Quarante ans de fanfaronnades, de hâbleries, d'exagérations, de bravades, de vanité. Il n'en revenait pas, le patron : doublé en trois mois, le CA ! Quarante ans de boulot. Vous secouez votre visage de père absent devant votre fils qui vous considère comme un collègue. Quarante ans d'une vie. Vous hochez la tête. Vous êtes une machine à branler du chef. Il dit : Ça n'a pas l'air d'aller, papa. Un instant, le gamin du manège revient devant vos yeux. Vous souriez un peu, mettez la main à votre poche, sortez votre paquet de cigarettes. Si, si, pas de problème. Commande les cafés, je vais m'en griller une.

10

Non. Jusqu'à vendredi, je suis du côté de Lille. En revanche, à partir de lundi, je serai vers Dijon, ce serait moins loin pour vous.

Tu réfléchis. Tu aurais bien voulu rencontrer l'ancêtre avant lundi. Lundi, le grand patron vient et tu aurais aimé pouvoir te faire une idée précise d'une réorganisation qui te paraît encore bien floue. Mais d'un autre côté, Lille, c'est cinq heures de trajet de plus, autant pour revenir. Va pour Dijon. Tu fixes un rendez-vous pour mardi midi. Tu raccroches et ton regard erre dans la troisième pièce de ton logement, celle où tu vas rarement. Le bureau et les étagères sont dans la pénombre, le jour passe à claire-voie par les lattes du volet roulant. Tu le remontes et tu ouvres la fenêtre pour aérer la pièce. En face, l'immeuble et ses pancartes « à vendre » ou « à louer », baigné du même soleil déclinant du soir. Tu repenses à cette femme appuyée sur ce vieux break, sa lassitude, son attitude d'abandon, d'abdication, de résignation, sa cigarette lentement consumée en regardant ce logement qu'elle quittait, l'espoir d'une vie qui partait en fumée, une cartouche de plus de grillée. La vie est dure, se découpe en tranches nettes et brutales comme les murs de ces quartiers, la rectitude violente des avenues qui ne mènent nulle part. Ombres des arbres rachitiques furieusement jetées à terre, trottoirs de pierre pour délimiter du vide, et le vent de chaleur recouvre déjà les rues neuves d'une poussière de désert.

Tu ne sais plus ce que tu es venue chercher ici. Ton téléphone a sonné alors que tu ouvrais la porte de cette pièce dans laquelle tu pénètres si peu, comme si tu ne savais pas habiter plus de deux pièces. Sur une étagère, tes livres d'étudiante. Tu remarques *Condition de l'homme moderne* de Hannah Arendt. Tu te souviens d'avoir appris que « tout ce qui est produit par l'homme peut être détruit par l'homme, et aucun objet d'usage n'est absolument nécessaire ». Comment peut-on encore travailler après avoir lu Hannah Arendt ? Cet après-midi, ton chef (transpirant : larges auréoles sur une chemisette topaze à motifs dorés) hurlait après « ces cons d'en bas », le service transport, il fallait comprendre, qui avait rapporté dans l'entrepôt les canapés invendus des commerciaux alors que le grand patron débarquait lundi. Pas mieux pour se prendre une soufflante si le boss découvrait tout ce stock, éructait-il. Hannah Arendt, donc, qu'il n'avait certainement pas lue.

Tu refermes la porte, tu louvoies maintenant dans le salon, parmi les emballages et les sacs posés le jour de ton emménagement, et tu n'as toujours pas envie de déballer tout ce capharnaüm. Aucun objet d'usage n'est absolument nécessaire, dis-tu à haute voix en ouvrant un carton, histoire de te forcer un peu. À l'intérieur, une poupée de chiffon, des tasses, des récipients avec du vieux thé décoloré qui a sans doute perdu depuis longtemps sa saveur. Tout cela était dans l'appartement d'avant, celui de ton boulot au magasin d'articles de sport. Tu ne sais pas pourquoi tu as conservé ces babioles, il aurait mieux valu tout jeter. C'est drôle combien ces choses te paraissent maintenant désaccordées, reflet d'une vie entamée au sortir du baccalauréat. Vite, échapper à l'emprise de ta mère, vite, s'installer dans la vie studieuse et logique des bonnes élèves, devenir étudiante et traîner comme des reliques les marques d'une enfance, une poupée de chiffon, une tasse à thé avec un lapin imprimé dessus. Et tout cela s'était lentement usé, terni au contact du premier vrai boulot qui avait suivi, tu avais pris goût au café le matin, une boisson de travail, juste le temps de te brûler avec le breuvage amer avant de démarrer ta voiture achetée à crédit, juste le temps de jeter une pizza dans le micro-ondes au retour et de laisser la poupée de chiffon prendre la poussière sur une étagère. Le livre de Hannah Arendt était oublié, les citations que tu avais apprises étaient remplacées par les annonces publicitaires du magasin, répétées en boucle pour inciter les clients à acheter le jogging à capuche pur coton à dix-neuf euros en stock limité, à profiter de la nouvelle raquette de tennis Champion avec six balles offertes ou à essayer les chaussures running modèle mixte à tige renforcée, autant d'exhortations à de nouvelles conditions de l'homme moderne. Et maintenant, à la faveur de cet appartement, ces vieilles lunes éteintes se rappelaient à toi, un livre autrefois lu avec passion, une poupée de chiffon câlinée les soirs de tristesse, une tasse de thé bue en rêvant à un avenir que tu aurais cru différent. Et maintenant, il fallait ajouter une distance encore plus grande avec des objets qui ne t'évoquaient plus rien de toute façon. Tu te demandais pourquoi tu les avais apportés ici. Il aurait mieux valu tout jeter. Abandon, abdication, résignation, nouveau départ.

Tu repenses à la femme appuyée sur l'auto, l'immeuble qu'elle fixait et dont tu aperçois le toit plat aux arêtes tranchées sur un ciel que le crépuscule rend mauve. Oui, ici, ce pourrait être une île déserte, rochers perdus au milieu d'une mer d'indigo, le ciel en couvercle d'incertitude, quelque chose de trouble, comme surgi du néant, sans passé et sans futur. Lorsque tu es rentrée tout à l'heure, tu as remarqué que trois boîtes aux lettres avaient été vandalisées, leur mince porte de métal saisie par l'angle inférieur, décollée avec facilité. Juste une menace pour prévenir les occupants d'ici que tout est possible, que tout peut survenir. Avant de monter dans l'ascenseur, tu avais cru voir disparaître, au-delà de la vitre, la vieille femme à savates et blouse à fleurs.

11

Le bureau et les étagères sont dans la pénombre, le jour passe à claire-voie par les lattes du volet roulant. Vous le remontez et vous ouvrez la fenêtre pour aérer la pièce. Juste en face, le paysage est borné par d'autres ouvertures disparates, irrégulières, si proches qu'en tendant la main on pourrait presque les toucher. Ce sont de vieux bâtis de bois qui voisinent avec des châssis en PVC, l'ensemble formant la suite hétéroclite et sinueuse d'un quatrième et dernier étage qui s'étend sur toutes les maisons de la rue comme si des maçons avaient tenté d'équilibrer les demeures moyenâgeuses par un ultime et modeste niveau, réservé aux débarras et aux chambres de bonnes, essayé d'harmoniser par une dernière rangée de pierres les toits d'ardoise ou de tuile disposés en patchwork imprécis, s'étaient unis pour laisser courir des chéneaux de zinc régulièrement interrompus par les descentes d'eau qui plongent à la verticale jusque sous les pavés de la rue. Vous clignez des yeux : le soleil déjà bas dégringole sur la pente des toits, rouge orangé sur les tuiles, bleu métallique sur les ardoises, il rebondit en éclats blancs sur la ferraille des chéneaux. Avec la lumière, la pierre des murs de maçon se pare de reflets blonds, c'est vraiment un bel été. Vous restez un instant à la fenêtre. Quand on se penche et que l'on tourne la tête, on peut apercevoir le va-et-vient sur l'artère principale et les touristes qui l'arpentent en toute saison. Vous revenez vers l'intérieur. Juste avant d'entrer dans le salon-salle de séjour, en plus des étagères et du bureau encombré d'affaires que vous avez posées là une fois pour toutes après votre déménagement, on remarque un lit d'enfant en métal blanc avec à chaque coin des boules de cuivre et un matelas nu à l'intérieur. Vous vous dirigez vers un autre volet roulant à remonter. Au fur et à mesure de son ascension, il découvre une terrasse exiguë, bordée d'un mur des mêmes pierres blondes de maçon et coiffé d'une lignée de tuiles. La terrasse est vide, son carrelage prolonge celui du salon-salle de séjour. Peu de meubles, pas de canapé, un téléviseur sur une table basse fait face à un fauteuil crapaud et à un tabouret rapporté de la cuisine. Le long d'une cloison s'alignent les trois portes d'un buffet bas en citronnier de style années cinquante. Vous passez devant, revenez sur vos pas avant d'entrer dans la cuisine. C'est la pièce qui vous a donné le moins de soucis lors du déménagement. Déjà équipée, vous aviez rempli les placards d'une vaisselle disparate. Vous étiez revenu le premier soir du supermarché avec quelques commissions, une table et quatre sièges sans dossier à la mesure de l'exiguïté de l'endroit. Vous ouvrez le volet de la petite fenêtre qui donne sur la cheminée et sur l'antenne de télévision du voisin. Vous longez maintenant deux pièces borgnes, les toilettes et la salle de bain. Vous allumez les plafonniers et regardez au sol : pas de traces de fuite d'eau sous la cuvette, le lavabo, la baignoire et la machine à laver, ça pourrait arriver, sait-on jamais, et vous êtes rarement présent. Vous sortez d'un placard une bombe de déodorisant pour faire partir l'âcre odeur d'eau stagnante. Vous traversez le couloir et accédez à la dernière pièce, votre chambre, munie d'un lit deux places que vous avez toujours occupé seul, d'une armoire assortie et, dans un coin, d'une table à repasser. Vous remontez le dernier volet roulant de l'appartement, vous ouvrez la fenêtre et à nouveau vous pouvez voir le paysage des ouvertures disparates des maisons d'en face. Vous revenez dans l'entrée et attrapez maintenant la pile du courrier que la voisine du premier, une vieille dame charmante, vous a gardé depuis trois semaines et que vous avez posée en arrivant sur les cartons de vin.

12

Dimanche de début juillet lumineux, petite brise pour supporter la chaleur, c'est vraiment un bel été. Mais tu n'en profites pas, tu restes à l'intérieur, chez toi. Chez moi, tu répètes, c'est chez moi, là, c'est chez moi, tu inventes un refrain, tu chantes pour accompagner un de ces airs entraînants que tu avais rapportés du Cap-Vert au printemps dernier (un voyage organisé où tu t'étais liée d'amitié avec cette fille à la vie semblable à la tienne, vous aviez échangé vos adresses, vous étiez promis de vous revoir, cela fait déjà trois mois). La musique résonne dans l'appartement. Tu chantes, en culotte et soutien-gorge, l'aspirateur à la main, le torchon à poussière jeté sur l'épaule. Il n'y a pas à se gêner, tes fenêtres sont ouvertes, mais les voilages te protègent des regards indiscrets, même s'il y a peu de chance que quelqu'un joue au voyeur dans l'immeuble d'en face avec ses pancartes « à vendre » ou « à louer ». Il n'y a pas à se gêner, tu as entendu ton voisin (le seul de ton palier) partir tôt ce matin. Musique donc, pour une fête tropicale, île déserte, rien, aucun mouvement le long des avenues, juste le soleil, la petite brise, tu es seule sur ton rocher de troisième étage, perdue au milieu d'une mer d'indigo.

13

Dimanche de début juillet lumineux, vous fumez une cigarette sur la petite terrasse, accoudé aux tuiles qui bordent le muret. Derrière vous, les cloches d'une église résonnent, devant, en contrebas, les toits des pavillons s'étalent contre le mur borgne et épais de la maison forte qui abrite votre appartement. D'abord serrés, puis comme dépourvus d'ordre, ils s'évasent en direction des collines douces vers un horizon strié de vignes. C'est peut-être ce qui vous avait séduit dans cet appartement (vous ne savez plus), cette vue de promontoire, comme un dernier repère de sentinelle avant les champs pour protéger la ville aux rues étroites et tortueuses qui convergent vers le centre médiéval. Vous veniez de divorcer et, au bout de deux ans de procédures et d'attente pour vendre la maison conjugale, vous aviez investi la part qui vous revenait dans cette ville touristique de Bourgogne. Vous saviez que vous n'iriez pas loin, déjà vous aviez pris l'habitude des hôtels, y compris pour le week-end, mais on ne peut pas vivre éternellement sans adresse. Ici, c'était tout de même à deux cents kilomètres de votre famille, mais situé au début de votre secteur de vente. Et, de toute façon, votre famille était déjà dispersée. Vos enfants débutaient dans la vie active, comme on dit, votre femme était partie en goguette. C'est exactement cette expression qu'elle avait utilisée lorsqu'elle vous avait annoncé son intention de divorcer : Je pars en goguette. Je me tire, je mets les bouts, j'ai trop attendu déjà. Et cette évidence vous avait traversé : oui, vous aviez déjà trop attendu ensemble. L'aînée venait d'accoucher d'un premier enfant, peut-être que votre épouse n'avait pas supporté cette perspective d'endosser avec vous le rôle de grands parents alors que vous aviez été tellement absent en tant que père. Juste retour que cette désertion, une simple déroute, une étape de plus dans votre vie de voyageur, les choses s'étaient déroulées avec naturel. Votre fille était mère à son tour, l'aînée, votre premier bébé que vous aviez vu à la maternité, tout cravaté encore avant de repartir vers un autre client. Deux ans plus tard, ce serait le même scénario pour votre fils. Votre épouse avait pris l'habitude de s'occuper toute seule du quotidien. Vous rentriez en fin de semaine, vous vous asseyiez dans un canapé que vous aviez à peine choisi ensemble, vous jouiez un peu avec vos enfants. Oui, tout de même, cette joie, l'apparence du bonheur, rarement d'engueulades, aucun reproche, une vie aisée, une belle maison, les voitures cossues que votre métier vous obligeait à changer souvent. Les années avaient passé dans cette suite immuable des semaines absentes, des week-ends écourtés, l'été à la mer, un peu de ski en hiver, la montagne n'était pas loin. Vous regardez parfois quelques photos souriantes de cette époque. Aucun problème, aucune rancœur, et même lorsqu'elle avait déclaré partir en goguette, combien cet aboutissement vous avait paru évident. Bien sûr, vous aviez été son boulet, même à distance, celui qui l'attachait dans l'ordinaire d'une maison à entretenir, changer la machine à laver sans vous demander votre avis (vous auriez répondu : Prends la plus chère), trouver un paysagiste pour déplacer les massifs d'hortensias, un réparateur pour refaire le portail que le voisin avait abîmé en reculant sa voiture. Vous rentriez le week-end, elle vous racontait ce quotidien d'une manière neutre, sans animosité, tandis que, cravate desserrée, vous sirotiez un whisky sur le canapé que vous aviez à peine choisi, avec les enfants que vous aviez voulus et qui couraient autour de vous. Toute cette vie avait été bien accomplie, aucun regret à avoir, elle pouvait partir en goguette maintenant. Seule vous était restée la vague impression d'une existence, comment dire, d'imitation, que vous n'aviez pas choisie, faire comme tout le monde, s'asseoir dans un canapé, boire un whisky, quelque chose de déjà vu dans des films, à la télévision, quelque chose de factice, une contrefaçon, une laideur de bibelot kitsch qui vous donnait maintenant la nausée, comme si vous en aviez abusé. Vendre ainsi des canapés en plus du papier peint comme ils le voudraient maintenant, non, c'est au-dessus de vos forces. Vous-même d'ailleurs repoussiez l'occasion d'acheter un convertible pour garnir le salon-salle à manger. La dernière fois, vous aviez cru y être obligé, votre fille, invitée pour un mariage, devait venir dormir ici avec son mari. Finalement, elle vous avait demandé la veille de n'accueillir que l'aînée de ses deux filles pour la nuit. Vous aviez ressorti de la cave le petit lit de métal blanc avec à chaque coin une boule de cuivre. Votre épouse vous avait laissé à peu près tout le mobilier, partir en goguette ne nécessite pas de bagage. Vous aviez vendu la plupart des meubles, excepté les petits lits des enfants, l'héritage parental d'un buffet en citronnier, le fauteuil crapaud qui se trouvait dans l'entrée de la maison, premier meuble que vous aviez chiné ensemble, votre bureau sur lequel vous acheviez le samedi matin la paperasserie des déplacements de la semaine.

Vous terminez votre deuxième cigarette, on entend des cris et des rires d'enfants, des bruits d'eau qui doivent provenir d'une piscine cachée entre deux pavillons. Vous vous penchez maintenant sur le linge que vous avez lavé et vous l'étendez. Avec cette chaleur, il sera sec en deux heures. Vous vous caressez le ventre chauffé par le soleil, vous êtes torse nu et en slip. Ici, sur votre promontoire en terrasse, personne ne peut vous voir.

14

Peut-être est-ce à cause de la musique d'hier que tu repenses à cette fille rencontrée au cours du voyage au Cap-Vert, vous vouliez être amies. Il faudrait la rappeler, trois mois, c'est déjà un peu tard, elle aura sans doute oublié jusqu'à ton prénom. Vies semblables, vous vous étiez reconnues dans cette proximité : de bonnes études, la volonté d'avoir un boulot sérieux et pour cela ne pas compter ses heures, négliger la famille, les amis avec lesquels on ne sortait plus, se retrouver à presque trente ans dans une aisance relative, travail, appartement, voiture, mais solitaire, sans amour, une vie bien remplie cependant, des relations de travail qui vous apprécient comme quelqu'un de joyeux, toujours prêt à s'associer à un anniversaire après la fermeture du magasin, gobelets de plastique posés sur les tables de ping-pong d'expo, avec le gilet identique pour tout le monde, de la caissière à la retoucheuse, du mécanicien des cycles au vendeur d'articles de pêche, tous des jeunes, des premiers boulots, des contrats temporaires mal payés, sauf toi et ton CDI au smic. Au Cap-Vert, dans la luxuriance tropicale, vous étiez toujours ensemble, vous parliez tout en marchant sur les chemins à pic qui surplombaient l'océan. Aux étapes, vous preniez vos repas l'une en face de l'autre, vous vous racontiez des anecdotes de boulot, vous étonnant d'avoir des vies si comparables. Vous vous étiez promis de vous revoir au retour. C'était il y a trois mois. Mais il y avait eu l'opportunité de ce nouveau travail, le déménagement, tout était allé très vite, plus le temps de penser aux vacances, aux rencontres. À peine le temps de lui envoyer une carte postale avec ta nouvelle adresse. Pourtant, cela avait été comme de se regarder dans un miroir, même quotidien actif qui vous avait fait vous inscrire toutes les deux, chacune de son côté, en solitaire mais en double parfait, à ce voyage organisé et sportif, parce qu'il faut bien prendre des vacances de temps à autre et pourquoi pas dans un ailleurs tropical, vous viviez seules, vous en aviez les moyens et un voyage organisé est tellement plus sécurisant.

Vivre seule donc, mais rien de pesant, rien de commun avec un délaissement subi, quelque misanthropie sauvage, tu n'as rien d'un ermite retiré du monde, c'est juste l'opportunité de ce travail assez loin de toute connaissance familiale ou amicale qui l'avait décidé. Préoccupations ordinaires : trouver à se loger, pouvoir dormir, se nourrir à coups de surgelés, aligner les jours de travail et de temps en temps aller voir ta mère et ta sœur, mais, depuis la mort de ton père, celle-ci était devenue plus distante, comme s'il fallait te signifier en permanence la complicité plus grande que tu avais eue avec ton père (elle te disait souvent avec un air de reproche : Tu lui ressembles tellement ! – comme si tout ce qui eût pu rappeler quelques souvenirs devenait inconvenant, déplacé, incompatible avec sa disparition).

Vivre seule donc, comme Robinson, sur ton île, mais, avec le temps, tu sais bien ce qui t'attend, faire comme tout le monde, rencontrer quelqu'un, se marier ou pas, avoir un enfant ou plusieurs. Condition de la femme moderne, comme aurait pu dire Hannah Arendt. Tu as déjà presque trente ans et pas d'amour. Dans ton travail, les occasions sont rares et chaque fois assorties d'une menace. Il y a ce gentil client qui vient parfois et demande à n'être servi que par toi, mais il a une alliance et tu ne veux pas d'une aventure extraconjugale. Il y a parfois un collègue mignon, mais ce sont soit des jobs de vacances, des étudiants immatures, soit des hommes plus assurés, mais tu penses que l'amour sur le lieu de travail ne conduit qu'à des désagréments. Et il y a eu cette histoire qui t'a refroidie, aussi. La caissière en chef t'avait invitée à sortir avec elle, à aller « en boîte ». Bon, tu as horreur de ces soirées, mais on ne peut pas toujours refuser sans passer pour une bégueule. Bref, vous y étiez allées et tu avais même pris du plaisir à t'habiller de manière plus voyante qu'à l'ordinaire et à aller danser sur la piste. Vous aviez beaucoup ri et deux hommes vous avaient abordées. Dans ce genre d'endroit, les situations sont sans équivoque, au moins on est là pour draguer. Tu étais repartie avec l'un des deux, la quarantaine un peu chauve. Tu étais montée dans son appartement pour un dernier verre, lui finalement assez touchant dans le rôle de celui qui n'a pas tant l'habitude que cela, et toi, riante et décidée aux premiers baisers jusqu'à ce que tu entres dans sa chambre, rien d'extraordinaire pourtant, grand lit blanc, appartement meublé avec goût, lui maintenant torse nu, un peu replet, une peau granuleuse, et tu t'étais vue embarquée dans une histoire avec un type qui s'était trouvé sur ton chemin, au hasard, quidam anonyme. Nausées. Tu t'étais enfermée dans la salle de bain. Il t'entendait vomir dans les toilettes, te demandait si ça allait. Ça avait bien duré une heure. Lorsque tu avais ouvert, blanche comme un linge, il avait enfilé une chemise et t'avait tendu un verre avec un cachet effervescent. Ça aide à digérer. Ce doit être l'alcool. Tu hochais la tête, fatiguée, mal au crâne. Il t'avait reconduite au pied de ton immeuble. Avait demandé à te revoir. Pas répondu. Le lendemain, il avait laissé un mot dans ta boîte aux lettres avec son téléphone. Tu n'avais jamais rappelé. Et tu avais évité la caissière en chef. Tu ne l'avais même pas invitée pour ton pot de départ.

Tu arrives sur le parking et tu remarques que ton réservoir est presque vide. Tu n'as pas choisi de t'installer au plus près de ton travail.

15

Vous êtes arrivé à l'hôtel le dimanche soir. Il vous a fallu une heure à peine pour y parvenir depuis votre appartement. Vous auriez pu passer une autre nuit chez vous et ne vous rendre à *Moquette plus* que le lundi matin, mais ce genre de réflexion ne vous vient même plus à l'esprit. Vous avez coutume de débarquer la veille sur le lieu de votre premier rendez-vous depuis si longtemps. Vous avez réservé ici pour trois nuits, le temps de visiter tous vos clients du coin, une quinzaine répartis sur la Côte-d'Or. De votre chambre, on voit la vaste esplanade de l'hypermarché, les enseignes des magasins qui le bordent, parmi lesquelles *Moquette plus* tout au fond en lettres bleues sur fond blanc. Parfois le patron vous fournit une chambre qui donne sur la voie rapide au-delà de laquelle s'étale une zone commerciale identique, entrelacs de ronds-points qui mènent à des parkings semés de lampadaires, surplombés de panneaux d'affichage criards et derrière lesquels s'ouvrent des entrepôts commerciaux bigarrés. Mais c'est dimanche soir et l'étendue est déserte, à l'exception de la cafétéria de l'hyper, qui demeure seule ouverte, comme en attestent ses lumières et les quelques véhicules garés devant. C'est là que vous irez tout à l'heure, demain aussi et après-demain sans doute. Vous suspendez un costume à un cintre, déballez une chemise, tentez de défroisser un faux pli, le repassage n'a jamais été votre fort. Vous avez descendu deux valises dans votre voiture, fidèle à votre habitude, une pour la semaine, chemises, cravates et costumes de rechange, une pour le week-end, chemisettes, pantalons de toile et vos confortables chaussures ajourées, dessus microfibre et aspect daim. Dans le coffre, vous avez ajouté trois cartons de vin de Bourgogne récupérés dans l'entrée, on vous en demande parfois et ce sera le cas lorsque vous repartirez dans le Nord en fin de semaine. Vous sortez de la valise quelques livres que vous posez sur la table de chevet. Deux romans policiers et ce lourd pavé de la correspondance de Rimbaud. Si les romans, vite lus, changent souvent (vous achetez, au hasard des supermarchés, deux ou trois formats de poche à la fois), il y a ce Rimbaud qui vous suit partout. Vous aimez les biographies qui lui sont consacrées, en revanche, vous prisez moins sa poésie et c'est sa correspondance que vous aimez par-dessus tout. Cette passion, parce que c'en est une, s'est révélée il y a longtemps, vous avez oublié d'ailleurs où et quand, dans quelles circonstances, peut-être était-ce lors d'une étape, peut-être avez-vous entendu une émission à la radio lors d'un de ces grands trajets d'autoroute et d'ennui, peut-être avez-vous regardé à la télévision un documentaire qui lui était consacré, ce que vous vous rappelez avec précision est votre surprise, votre saisissement, votre ravissement d'avoir appris qu'il était, comme vous, voyageur de commerce. Ainsi, on pouvait naître poète et devenir VRP, représentant, courtier, commis, ça n'était pas incompatible. Dès lors, vous vous êtes procuré tout ce qui parlait de Rimbaud. Vous en avez un plein rayonnage dans votre appartement et, lorsque vous revenez, vous en profitez pour saisir un livre qui vous accompagnera pendant deux ou trois semaines avant votre prochain retour et le choix d'un autre ouvrage, d'une autre biographie ou de cette correspondance déjà cent fois relue. Les lettres qui vous émeuvent le plus sont celles adressées à des fins professionnelles, avec un style informatif et neutre, à d'autres négociants. Parfois vous vous imaginez recevoir une lettre de Rimbaud vous demandant un renseignement, vous donnant quelques nouvelles d'un collègue que vous auriez perdu de vue. Parfois vous rêvez à d'interminables missives où vous lui raconteriez les visites chez vos clients. Vous avez pris l'habitude d'aller saluer la tombe du poète chaque fois que vous passez par Charleville (vous y avez trois ou quatre acheteurs). Vous connaissez ainsi tous ses lieux ardennais et votre préférence va vers le hameau perdu de Roche, dans le canton d'Attigny, un endroit retiré du temps, un pays où on n'arrive jamais, là où il écrivit *Une saison en enfer* dans la ferme familiale.

16

Ton chef ouvre brutalement la porte de ton bureau et te fait sursauter. Il pointe son pouce derrière lui : Ça y est, ils sont arrivés. Il est déjà en sueur, auréoles sous les bras (chemisette vaguement ocre, couleur de boue sale, et cravate brique à motifs de feuilles mortes nouée pour l'occasion). Il s'éclipse aussitôt et tu regardes par la fenêtre. En bas, sur le parking, sept hommes en costumes sombres sortent de deux BMW également anthracite. Tous paraissent assez grands, avec des cheveux plus ou moins grisonnants, à l'exception d'un petit chauve. Tu cherches à deviner qui est le patron, ce pourrait être le type distingué au visage plus hâlé que les autres, mais le petit chauve esquisse un geste paternaliste, main dans le dos du bronzé, pour lui enjoindre d'avancer en direction des bâtiments. Tu rejoins ton siège et ton ordinateur, à partir duquel tu reprends à mi-voix tous les chiffres de vente comme si on allait t'interroger sur chacun d'eux. Tu as rangé ton bureau, remisé au fond d'un tiroir la petite barque en plâtre avec son pêcheur, souvenir du Cap-Vert (elle te l'avait offerte à l'aéroport, histoire de liquider les derniers billets du pays, avait-elle dit en riant). Tu as raccroché l'affiche de l'entreprise. Tu l'avais retirée en t'installant ici, ça te paraissait stupide de placarder l'image du bâtiment dans lequel tu travaillais. Et la photo était vraiment trop moche, prise un jour gris qui plus est. Pourtant, la semaine dernière, ton chef t'en avait fait la remarque : Il est où, le poster ? Tu l'avais donc raccroché, et avec raison : son premier regard ce matin avait été pour ce coin de mur à nouveau occupé, tu avais lu la satisfaction sur son visage. Ce qui ne l'avait pas empêché de venir te déranger cinquante fois pour te faire mille recommandations, des phrases qui commençaient toutes par : Il ne faudra pas oublier de leur dire… S'ensuivaient des propositions, résultats, chiffres et mots que tu jetais à la volée sur ton calepin avant de reprendre ton analyse du résultat des ventes entre deux entrées fracassantes. Il était d'ailleurs encore venu tout récemment et aussi brutalement pour déposer sur ton bureau un petit golfeur en métal à la place où quelques instants plus tôt se trouvait la barque en plâtre. C'est un détail, avait-il dit la bouche en cul de poule, mais ils jouent tous au golf ensemble, à la direction…

Tu n'as vu personne de la matinée. Tu les as entendus dans le couloir, un brouhaha de voix dominé par celle de ton chef, un peu plus aiguë que d'habitude, puis les voix avaient disparu, engouffrées dans un bureau. Tu n'étais sortie que pour te rendre à la photocopieuse (tu ne tenais pas à te retrouver nez à nez avec eux sans savoir pourquoi, une vague appréhension, le stress de ton chef avait sans doute fini par déteindre sur toi). C'est là que tu avais croisé la responsable des finances retirant un paquet d'imprimés, visage empourpré, échevelée, ses colliers plus entremêlés que jamais. Ils veulent tout vérifier. Tout. Absolument tout, avait-elle soufflé avant de repartir dare-dare vers son bureau, d'où émergeaient quelques voix. La matinée s'est ainsi déroulée sans que personne ne vienne te déranger. Vers treize heures, ton chef est entré (brutalement), sa chemisette couleur de vase remuée, sa cravate de guingois et ses feuilles mortes comme emportées par une violente bourrasque : Tu viens déjeuner avec nous ? Il avait le visage rouge et crispé et, malgré l'effort manifeste qu'il faisait pour donner un tour aimable à cette invitation, tu avais compris que ta présence était obligatoire. Tu avais saisi dans l'instant ton sac à main.

Le repas avait été pantagruélique et long. Tu avais visé juste : le petit chauve était bien le patron. Affable et courtois, il parlait lentement. Le grand bronzé était le vice-président. Il s'esclaffait plus volontiers avec la responsable des finances assise à ses côtés, encore plus échevelée et qui buvait à grandes lampées les verres de vin qu'il lui servait. Les autres costumes anthracite s'étaient répartis autour du responsable de la logistique, qu'ils tutoyaient et semblaient connaître de longue date. Tu étais juste assise en face du patron. Un peu de jeunesse fera du bien à notre groupe : vous avez bien choisi, mon cher ! dit-il d'une voix lente et douce en tapotant l'avant-bras velu de ton chef, qui crut plus distingué de rire aux éclats. Puis, s'adressant à toi : Nous nous voyons cet après-midi. Tu avais sans doute répondu avec assurance, le petit chauve se cala au fond de son siège et plissa les yeux de plaisir en te regardant. On coupa court au digestif que ton chef voulait pourtant absolument imposer.

Le repas défile maintenant devant tes yeux comme un événement que la digestion rend presque irréel. Tu n'aurais pas dû manger autant et heureusement que tu n'as pas bu. Le petit chauve est face à toi, assis sur l'unique chaise visiteur. Ton chef a fait mine d'entrer avec vous, mais le grand patron a déclaré de sa voix toujours aussi lente : Je préférerais la voir seule, faire plus ample connaissance, elle vient juste d'arriver, ne lui mettons pas la pression tout de suite. Tu ne sais pas quoi dire. Est-ce à toi de commencer la conversation ? Dans un bureau proche, on entend le rire de la responsable des finances, suivi de la voix étonnamment grave du vice-président. Le grand patron esquisse un sourire en désignant la petite figurine de métal : Vous jouez au golf ? Oui, réponds-tu avec empressement, histoire de rompre la gêne que tu sens monter en toi. Mais, au moment où tu acquiesces, tu t'aperçois du piège : il va te demander où, quand, comment, avec qui, tout un enchaînement de mensonges que tu devras bâtir. Tu rectifies aussitôt : Enfin non, mais j'aimerais apprendre ! De sa voix lente, il précise : Si vous voulez apprendre, vous ne manquerez pas de partenaires, beaucoup d'entre nous pratiquent ce sport. Il désigne au-delà du mur, le bureau proche dans lequel on entend toujours la voix de basse du vice-président, entrecoupée des gloussements de la responsable des finances. Moi, c'est la pêche qui m'attire, continue le petit chauve avec une lueur soudain plus vive dans les yeux. Oui, mais de toutes sortes : de la pêche la plus simple, à la ligne, assis sur un pliant au bord d'un canal, à la plus sportive, embarqué en haute mer pour tirer des espadons. Tu repenses soudain au petit pêcheur en plâtre que tu as enfoui dans ton tiroir. Il aurait mieux valu le laisser sur le bureau. Par association d'idées, tu revois un instant le marché aux poissons de Mindelo et les thons ruisselants que les pêcheurs à peine débarqués débitaient à grands coups de hachoirs. Le sol était rougi de sang, qu'un employé arrosait en permanence. Avec ton amie, vous aviez regardé vos jambes nues constellées de gouttelettes rosâtres que le jet éclaboussait. Il y avait ces cris, ces harangues dans une langue que vous ne connaissiez pas et les poissons continuaient d'arriver en permanence sur de solides chariots de fer. Tu évoques en guise de réponse ce souvenir encore si proche. Le Cap-Vert ! Savez-vous que c'est une de mes destinations favorites ? précise le grand patron.

Vers la fin de l'après-midi, les BMW repartent. Vous restez tous les quatre (ton chef, la responsable des finances, celui de la logistique et toi) à agiter la main dans un ensemble parfait jusqu'à ce que les deux voitures aient quitté la cour. Pfou ! explose ton chef en se passant la main sur le front. Un pan de sa chemisette est sorti à l'arrière de son pantalon et la toile couleur de tourbe s'agite mollement au vent. La responsable des finances ajoute dans un dernier rire nerveux : Je crois que j'ai trop bu, avant de sombrer dans un mutisme que trouble seulement le cliquetis de ses colliers définitivement enchevêtrés. Le responsable de la logistique commence dans le vide revenu de la cour une diatribe sur ceux qu'il a connus avant, qui ont su y faire, louvoyer, manœuvrer, tirer leur épingle du jeu, tout un ensemble d'expressions consacrées aux fayots, lèche-culs, ambitieux, arrivistes et carriéristes de tous poils. C'est au moment où il s'exclame : Quand je pense que j'ai aidé le vice-président à une époque où il n'aurait même pas su vendre un camembert à un affamé, que ton chef, qui ne l'écoute pas, en profite pour te faire un clin d'œil. Je ne sais pas ce que tu lui as fait, au grand patron, mais il t'a à la bonne. Ah ça oui, il t'a à la bonne, dit-il en te laissant deux pas derrière lui pour gravir les marches de l'entrée, à nouveau plein d'énergie, le pan de la chemisette ocre agité d'une vigueur nouvelle au-dessus du fond de culotte.

17

Elle vous appelle alors que vous êtes chez *Brico style*. D'habitude, vous ne répondez pas, votre portable est en mode silencieux, c'est même la première chose que vous apprenez aux nouveaux vendeurs que l'on vous confie : ne jamais se laisser distraire face au client, l'écouter, sentir à quel moment il sera réceptif à vos arguments. Mais là, vous attendez ce coup de téléphone. Elle vous explique qu'elle se trouve dans une station-service, il lui reste encore une heure de route environ. Vous lui demandez de vous attendre à la sortie de l'autoroute, vous irez la chercher.

Tu raccroches, un peu rassurée. Tu n'as pas trop l'habitude de rouler et tu appréhendais la perspective de circuler dans la capitale régionale. Ce matin, tu es passée à ton bureau chercher les renseignements que tu avais demandés au comptable concernant les indemnités légales de licenciement en vigueur. Si on veut se séparer de l'ancêtre, qui n'est qu'à deux ans de la retraite, cela va coûter bonbon à l'entreprise. Coûter bonbon : aussitôt, tu t'es haïe pour avoir utilisé cette expression que tu ne supportais pas dans la bouche de ta mère. Ainsi tu peux devenir comme elle, dure, la bouche mince avec des plis amers. Et la perspective de devoir congédier quelqu'un n'arrange pas ton moral. Il te semble que quelque chose va devenir encore plus dur en toi, quelque chose qui va grandir, dépasser l'hérédité de la bouche mince, des yeux gris et secs, des paroles cinglantes, un avenir qui se dessine et qui n'est pas à ton honneur. Lorsque tu étais aux articles de sport, tu n'avais jamais eu à traiter de cas si difficiles. La moyenne d'âge était très jeune, le personnel allait et venait. Parfois un étudiant débarqué la veille disparaissait le lendemain : on comprenait vite qu'il avait abandonné, il fallait recruter à nouveau quelqu'un pour deux, trois ou six mois. D'une certaine manière, la précarité des contrats déterminés ne suscitait pas de heurts, pas d'états d'âme, c'était contenu dans leur appellation, clair, sans illusion, on le savait en signant l'embauche, et cette franchise était l'un des rares avantages qu'il fallait verser à leur crédit.

Vous la voyez arriver et garer sa petite voiture blanche. Vous êtes adossé au break, vous fumez une cigarette en frottant la pointe de vos chaussures sur le bas de votre pantalon pour en faire briller le cuir. Vieille manie. Elle met du temps à sortir. Elle est penchée sur le siège passager (ramasse son sac à main ?), puis sort et fait le tour de son véhicule pour s'assurer que les portes sont bien fermées et que rien n'est visible. Elle a cette allure sportive que vous aviez remarquée la dernière fois et paraît plus grande qu'elle n'est. Vous savez, vous ne risquez rien sur ce parking à deux pas des péagistes, dites-vous en guise d'accueil et en lui tendant la main. Elle sourit à peine en vous rendant votre bonjour. Vous remarquez ses lèvres minces, rarement un signe de liesse et de spontanéité. On prend donc votre voiture, dit-elle. Oui, j'ai réservé dans un restaurant à deux pas du client que nous allons rencontrer.

Avant que tu t'installes, il a d'abord vidé le siège passager d'un fatras de prospectus à remettre à la clientèle. Piles encore sous blister, d'autres éventrées et qui s'écoulent jusque sur le tapis de sol. Tu reconnais au passage les slogans : « l'alliance du design et de la qualité », « l'assurance de la solidité germanique », « le renouvellement en permanence des teintes les plus tendance ». Maintenant assise, tu essayes d'éviter sous tes pieds quelques vieilles enveloppes de papier kraft, du moins celles qui ne sont pas déjà souillées par des traces de semelles. L'odeur de tabac de sa voiture te soulève le cœur. Les mégots débordent du cendrier et d'autres sont déversés dans un sac plastique accroché au levier de vitesse. Tu entrouvres la vitre pour faire pénétrer un peu d'air frais. Il fait chaud, n'est-ce pas, dit-il en tripotant les boutons du tableau de bord. La ventilation agite à grand bruit les feuilles d'un calepin attaché à une ventouse sur le pare-brise. Tu vois voleter un numéro de téléphone, une adresse sans la ville, lettres pointues et voyelles aplaties, sans doute tracées d'une écriture rapide, peut-être en conduisant. L'air atteint maintenant ton visage : bouffée de goudron puisée dans la poussière du tableau de bord et qui demeure épaisse, comme collée par la suie des cigarettes.

Vous remarquez ses narines pincées, ses yeux qui errent dans l'habitacle. Peu de personnes supportent l'environnement d'un fumeur maintenant et ce ne doit pas être le genre à user du tabac. Vous auriez dû y penser, lui proposer qu'elle prenne sa voiture, qu'elle vous suive, ou lui demander de vous emmener. Vous tentez de renouveler l'air en activant la climatisation, mais vous ne réussissez qu'à disperser les relents de cigarette froide jusque dans les coins les plus reculés de l'habitacle. Vous dites : Je fume beaucoup. Je n'ai jamais réussi à me débarrasser de cette manie. C'est drôle, pour moi, conduire et fumer sont étroitement liés, ça date de ma première tournée, de mon premier succès, de mon premier client, quoi. Je me souviens encore quel goût incomparable avait cette cigarette, une blonde, une américaine dont curieusement j'ai oublié la marque. Je n'avais jamais fumé auparavant. Je suis entré chez le buraliste et j'avais encore mon premier contrat signé à la main, je m'en souviens comme si c'était hier. Pourtant j'avais dix-huit ans, il y a quarante ans de cela, donc. Ah ! Il y aurait matière pour un psychiatre ou un addictologue, ne pensez-vous pas ?

Tu te contentes de répondre évasivement, vaguement nauséeuse. Et tu te sens bloquée. Démarrer une conversation anodine pour lui donner plus tard un coup de poignard dans le dos en lui annonçant son licenciement est au-dessus de tes forces. Ton mutisme n'arrête pas son monologue. Il continue comme si tu n'étais pas là à propos de ce premier client, la voiture qu'il avait alors, une Ford Taunus commerciale, en réalité celle du patron prêtée pour la semaine, qui, ce dernier, se déplaçait à vélo. Tu repenses à la photographie trouvée dans le dossier du personnel, leurs visages souriants, clignant des yeux sous le soleil. Tu remarques seulement maintenant combien sa voix est agréable, basse et curieusement doublée d'un écho. Et combien aussi il sait bien raconter une histoire, utilisant un vocabulaire précis et sans hésitation. On t'avait pourtant dépeint le personnage comme un ours, d'ailleurs c'est un des surnoms que lui donnent certains, avec l'ancêtre.

Vous imaginez, lui, un des plus jeunes créateurs d'entreprise de France, obligé de se déplacer avec son vélo de lycée ! On aurait cru un gamin. Remarquez, je ne valais guère mieux en voiture : combien de fois me suis-je fait arrêter par la maréchaussée pour vérification de mon permis. Vous l'observez du coin de l'œil tout en parlant. Elle n'essaie pas de vous répondre, de prendre la parole, elle doit sans doute réfléchir à la meilleure manière de vous annoncer la nouvelle, de vous faire passer la pilule. Vous n'êtes pas dupe. Depuis le rachat de la société et le départ de Toine, vous savez bien qu'on cherche à se débarrasser de vous. Ce n'est pas la première fois. Vendre des canapés et du mobilier de salon avec du papier peint ne vous intéresse guère. Créer une ambiance, c'est votre travail maintenant, avait dit le formateur (un publicitaire engagé à grands frais par le nouveau patron). Mais c'est plus facile à dire qu'à faire. Vous qui êtes capable de captiver un auditoire en présentant des motifs de papier peint, ce défi vous avait effrayé, non parce que vous vous sentiez dépassé ou trop âgé pour vous remettre en question, mais vous trouviez cette évolution inconvenante. C'est une chose que de décrire à un client l'aspect de son salon-salle de séjour une fois le revêtement mural renouvelé, c'en est une autre beaucoup plus agressive que de l'obliger à s'imaginer cloué dans un canapé à regarder la télé. Étaient revenues avec brutalité ces fins de semaine où vous jouiez au retour du bon père parti gagner la croûte de sa famille, tout un rituel avec whisky, canapé, desserrer la cravate et prendre l'air assuré. Vous aviez cru dur comme fer à ce cliché de la réussite, après tout, c'était bien ainsi que les gens aisés agissaient, c'était aussi de cette manière que vous étiez accueilli par vos amis, vos collègues, boire un verre, inviter à dîner, travailler en semaine, tout ce que vous aviez cru être la réalité s'écroulant le jour où elle avait pris un malin plaisir à venir vous fixer bien en face, vous justement dans le canapé (peut-être le sixième ou le septième en vingt ans de mariage, un modèle en cuir écru, vous l'aviez choisi après la mort du chat, vous n'aviez jamais osé le cuir auparavant à cause des griffes) : Je pars en goguette. Ne nous méprenons pas : vous ne la remercierez jamais assez de vous avoir soudainement montré l'absurdité de la situation, vous en clown triste assis sur une espèce de machin nommé canapé, divan, méridienne, sofa, convertible, banquette, tant de mots pour désigner cette abdication face à une vie d'homme dont l'espèce a empilé des millions d'années avant de réussir à se déplacer debout.

Tu entres au restaurant, c'est un endroit dans lequel il semble avoir ses habitudes, il te précède et le patron l'accueille par son prénom. On vous installe dans une encoignure. Vous serez plus tranquilles. La salle est petite, sombre, on dirait un relais de chasse, il y a des poutres apparentes, des lampes en cuivre suspendues, de vieux bougeoirs posés sur les nappes à carreaux vichy, des bois de chevreuil à l'aplomb de votre table. Il est devenu étrangement silencieux. Il te racontait ses histoires de jeunesse avec sa première voiture de fonction et il s'est soudainement tu, presque au milieu d'une phrase. Depuis il garde un pli obstiné sur le front, sa mâchoire est crispée. Oui, avec cet air peu engageant et son allure massive, l'ours est un surnom qui lui va bien finalement, il aurait sa place en trophée sur l'un des murs de cette auberge. Il est en accord avec l'ambiance figée et obscure du lieu, le papier peint foncé, revêtu d'un motif récurrent de canards sauvages s'envolant au-dessus d'un étang stylisé par quelques joncs. Chasseur, cueilleur, autre époque, gestes simples, *animal laborans*, l'homme à l'ouvrage, premier stade d'une civilisation, bien loin de la *Condition de l'homme moderne* que tu as sortie de l'étagère et recommencé à lire. L'ours se réveille, il remarque ton regard qui erre sur les murs : C'est pas mal, hein ? C'est moi qui lui ai vendu le papier, dit-il en désignant le patron occupé vers d'autres clients. Vente directe. Je sais qu'il est préférable de passer par nos grossistes, mais il est parfois difficile de faire autrement, surtout quand on connaît depuis longtemps les gens. Ici, ça fait vingt ans que j'y vais, à force, on finit par s'arrêter toujours aux mêmes étapes.

Puis, à brûle-pourpoint : Vous avez un canapé chez vous ?

18

Sachez tout de suite que je ne tiens pas à partir. Que j'attendrai la dernière limite pour la retraite. Soixante-cinq, soixante-sept ans peut-être, voyez, ce n'est pas pour demain, faudra faire avec. Sachez que je n'ai rien d'autre que la route et ce travail. J'ai tout misé là-dessus à l'âge de dix-huit ans. Une réussite ? Mais je n'en tire aucune gloire. Et d'ailleurs quelle réussite ? Au final un peu d'argent pour mes enfants et ce sera tout, je disparaîtrai du circuit comme je suis apparu. Je ne demande rien d'autre qu'on me laisse continuer encore un peu. Je rapporte de l'argent, je le sais. C'est normal : je suis ma clientèle depuis quarante ans. Qu'on me laisse continuer : on a tous à y gagner. Dans le cas contraire, la boîte seule y perdra, je disparaîtrai un peu plus tôt, ça ne changera rien à mon destin, mais l'entreprise devra justifier mon départ, le payer à sa juste mesure. Aucun des griefs ne pèsera dans la balance. Insuffisance de résultats ? Je n'ai même pas d'objectifs de vente. Désaccord avec la nouvelle direction ? Je n'ai reçu aucune lettre, et la formation des vendeurs que j'assurais en plus de mon travail m'a été retirée sans explication. Vous êtes nouvelle et j'imagine que vous avez reçu des consignes me concernant. Je vous le dis tout net, je refuse de partir.

19

Le vendeur pétille. Oui, c'est l'expression exacte, il ne tient pas en place, ses yeux clignent sans cesse, soulignant des paroles qui se bousculent. Parce que vous allez voir, mademoiselle, c'est un as. Il va nous faire son numéro. Quinze ans qu'il me le fait ; je ne m'en lasse jamais. Hein ? (Se tournant vers l'ancêtre.) Vous allez nous faire la totale, n'est-ce pas ? En plus, devant une belle jeune fille comme ça. Il s'efface pour te laisser passer dans une arrière-salle qui tient plus de l'entrepôt que du bureau. Des papiers jonchent une table, des dossiers répertoriés « vente », « stocks » et « compta » s'alignent sur des étagères qu'ils font plier sous leur poids. Partout, sur les chaises, devant les armoires, des cartons empilés. Une lampe à l'abat-jour déchiré est en équilibre sur un meuble de salle de bain. Mais, déjà, le vendeur s'affaire, déplace un emballage, remise une pile de papiers sur une armoire, dégage deux chaises et vous les désigne. Lui s'installe de l'autre côté de la table sur un tabouret qu'il extirpe d'un coin et qu'il fait tournoyer à la manière d'un magicien. Alors ? dit le vendeur, redevenu immobile pendant une demi-seconde. Il pose son regard sur toi, large sourire et clin d'œil, puis fixe l'ancêtre. Tu le regardes aussi. Traits soucieux, vieil ours encore, mais, avec sa large mallette de cuir qui contient les échantillons, on dirait également un docteur en visite. Il sort avec précaution un livre luxueux à couverture de peau dont la tranche indique en lettres dorées « collection 2011, tome 1 ». Il caresse du dos de la main le grain de cuir fauve comme pour chasser une poussière invisible. Puis son index remonte le long de la couture et il fait prestement basculer la couverture. Le premier échantillon de papier est recouvert d'un feuillet translucide pareil à ceux qui protègent les pages des anciens albums photo. Le vendeur cligne encore deux fois des yeux, puis retient son souffle. Toujours silencieux, l'ancêtre saisit maintenant le feuillet en mouillant au préalable un doigt et dégage le premier échantillon de papier. C'est un rouge qui imite la peinture à l'éponge. Vous contemplez tous les trois le rectangle carmin. Tu ne peux t'empêcher toutefois de glisser ton regard vers le vendeur (sourire béat, comme si on venait de lui présenter *La Joconde*) puis vers l'ancêtre, étrangement recueilli. Sa main se tient en suspension au-dessus de l'échantillon, doigts écartés. Enfin, il parle : Vous vous dites, c'est un rouge (le vendeur hoche la tête). Et vous avez raison. La main roule en boule et vient frapper le bord de la table. Vous avez raison, et pourtant, quoi de plus inhabituel qu'un papier peint rouge ? Hein, qui oserait ça ? (Il te fixe maintenant.) Mais ce n'est pas une teinte rougeaude, un vulgaire vermillon, regardez ! (Il fait bouger l'échantillon sous la lumière.) Voyez ces reflets : c'est du pourpre, de l'incarnat, c'est une couleur venue du fond des âges, la même qui servait à colorer la toge prétexte des consuls romains. Voyez cette texture satinée, remarquez comment l'artiste a su rendre la délicatesse d'un éclat de rubis, les variations lumineuses du corail, l'écarlate de l'amarante. Alors je comprends, oui, qu'on n'ose pas une telle richesse pour son intérieur. (Il se recule brusquement, fait mine de repousser le livre, le vendeur le regarde, vaguement effrayé.) Non, vous avez raison (le vendeur acquiesce) : personne n'osera. Le temps n'est plus aux rois, ni aux consuls romains. Tant pis ! (Il fait mine de vouloir refermer le livre, puis se ravise, un doigt doctoral pointé vers le vendeur.) Remarquez… La plupart de nos concurrents proposent de pâles copies de cette noble texture. Il se penche en avant, attire les visages vers lui comme s'il voulait livrer une confidence. Puis, à voix basse : Tous leurs échantillons, sans exception, sont nommés par de stupides variations fruitières : « noyaux de cerise », « framboise écrasée », « tomate cœur-de-bœuf » que sais-je encore ! Le vendeur ose une répartie outrée : C'est à peine croyable ! L'ancêtre se recule de nouveau et hausse la voix : Si, framboise écrasée, je vous jure ! Se reprenant : Mais nos papiers peints sont faits pour durer, ce sont des pages d'histoire, le sang du peuple et la couleur de l'amour éternel mêlés, et il est normal qu'un rouge de haute lignée puisse être proposé à vos clients. (Le vendeur se redresse, visiblement rassuré.) Hormis cette merveille vermeille, voici un jaune, classique s'il en est. (L'ancêtre tourne la page suivante.) Enfin, quand je dis jaune…

20

Il est tard lorsque votre visite s'achève. Le vendeur vous précède à travers les allées. Il n'y a plus de clients, et deux caissières plaisantent bruyamment avec un magasinier qui transporte une machine à laver. Une vendeuse apostrophe un autre de ses collègues : Vraiment, il était con, le dernier, je lui faisais déjà moins dix et il voulait en plus la livraison gratuite. À cinquante bornes, il rêve ! Elle aperçoit votre petit cortège et baisse soudainement la voix. Vous traversez l'espace des salons et tu penses à tout ce qu'il t'a raconté : le canapé, c'est la mort de l'homme, etc. Et combien aussi tu as été prise au dépourvu lorsqu'il t'a démontré comment tu passerais de ton petit convertible utilitaire et étudiant à un vaste salon de cuir, parce que afficher sa réussite est inévitable. L'ancêtre est un type étrange, ses arguments sont convaincants, c'est indéniable. Le bon de commande signé dans ce magasin en atteste : des papiers peints de toutes factures, par centaines de rouleaux, sans oublier la « merveille vermeille » que le vendeur a réclamée l'œil humide, insistant pour savoir combien il pouvait s'en procurer au maximum. Tu passes devant un miroir (*150 euros, véritable psyché en frêne d'Amérique*) et tu remarques tes traits tirés. Devant toi, le petit vendeur ne sautille plus et courbe les épaules. Derrière toi, la carrure massive de l'ancêtre, son visage d'ours retrouvé, l'absence d'expression qu'il prend parfois, yeux perdus dans le vague, indifférent aux canapés. Le miroir efface vos visages, un dernier salon (*modèle Roncevaux, boiserie 100 % chêne, vernis cellulosique, assise, dossier et manchettes mousse Bultex, modèle 3 places 1 930 €, version à 2 places pour 1 515 €*), puis vous atteignez la vitrine de l'entrée. Le parking est presque désert, au soleil couchant, les lampadaires tracent des ombres obliques sur les emplacements. Le vendeur, de nouveau souriant, vous raccompagne à la voiture et te propose une main moite : J'ai été ravi, mademoiselle, de faire votre connaissance. Puis, saluant l'ancêtre : Vous repassez dans trois mois, n'est-ce pas ? Il y a ce moment où l'ancêtre range ses échantillons dans le coffre, tu en profites pour consulter ton téléphone portable, histoire de te donner une contenance (mais personne ne t'appelle jamais), tu consultes ton répondeur qui t'indique que tu n'as pas de nouveau message, tu restes ainsi un moment, téléphone à l'oreille, n'écoutant rien, marchant machinalement sur une ligne de parking, regardant la façade du magasin que vous venez de quitter. Quelqu'un fixe à l'intérieur d'une vitrine une grande affiche « Fête de la peinture : des prix, des promos, des astuces, des idées ». Le texte est encadré par un couple de profil en train de chahuter avec des pinceaux dans des postures d'escrimeurs. Tu reviens à la voiture. Il dit : Bon, je vais vous ramener à l'autoroute.

21

Elle était fatiguée lorsque je l'ai ramenée à l'autoroute. Elle n'a presque rien dit en voiture. Remarque, moi non plus. Et puis, tout avait été dit, enfin, tout ce qui est important…

Vous parlez tout haut et tout seul, c'est une vieille habitude en voiture. D'ailleurs vous êtes prêt à parier que tout le monde agit ainsi. Le conducteur que vous croisez bouche ouverte dans un tacot ou le routier qui vous jette un regard indifférent lorsque vous le doublez : tous nous parlons à voix haute dans l'enfermement de l'habitacle, accompagnant à gorge déployée les chansons à la radio, commentant les informations, sifflotant, nous adressant à ce type immobile, assis devant un volant et qui est nous. Tous, c'est indéniable.

Donc elle était fatiguée et vous aussi. Vous êtes de plus en plus fatigué. La visite chez ce dernier client n'a pourtant duré qu'une heure et demie. Avant, vous pouviez enchaîner trois visites de deux heures sans interruption. Maintenant, vous vous essoufflez à ce jeu. Les cigarettes suffisent à peine à réguler votre respiration entre deux clients. Vous avez d'ailleurs été pris d'une quinte de toux en sortant du premier rendez-vous de l'après-midi. Vous étiez en plein centre-ville, accroché à la borne du parcmètre, une main sur la poitrine et le corps secoué de spasmes sans arriver à avancer jusqu'à la voiture garée à dix pas. Elle était bien ennuyée, la petite sportive, de vous voir ainsi cracher vos poumons. Elle vous a fait la leçon : Vous devriez moins fumer, voir un médecin… etc. Vous avez éludé. Pour le médecin, oui, il faudrait. Vous vous êtes rattrapé avec la visite suivante. Elle a vu de quoi vous étiez capable avec vos échantillons reliés cuir. Et sa question à la fin pour savoir qui s'occupe de les réunir. Vous, bien sûr ! À l'arrivée de chaque catalogue, vous découpez les échantillons, vous envoyez le tout au relieur. Vous n'avez que cela à faire dans le silence des nuits d'hôtel, reprendre les catalogues qu'on vous fournit, repérer les nouveaux papiers qui vous plaisent, les découper. Un jour, un fournisseur s'est fâché, a dit que vous n'aviez pas le droit, que des spécialistes et des publicitaires planchaient toute une année pour sortir une collection et que c'était saboter le fruit de leur travail que de puiser dedans, de les découper et de les désunir selon votre bon vouloir. Dorénavant, vous ne proposez plus cette marque. Et vous avez trouvé une technique moins onéreuse pour vos reliures. Car il faut savoir (vous vous revoyez en train d'insister auprès de la petite sportive) que tous les frais sont pour votre pomme (c'est l'expression exacte que vous avez employée devant elle : C'est pour ma pomme, c'est moi qui paye tout). On ne peut pas vous reprocher de dilapider l'argent de la boîte. Vous n'êtes pas comme la plupart des vendeurs qui se ruent sur les catalogues d'objets publicitaires à offrir à leurs clients, stylos-bille avec un logo, portefeuilles ou même calculettes et set de bureau pour les plus méritants, tout cela à grands frais sur le compte de l'entreprise. Le budget publicitaire a explosé ces dix dernières années, vous l'avez lu la semaine dernière dans un numéro de *L'Expansion* que quelqu'un avait oublié dans votre chambre d'hôtel. Vous n'avez jamais rien demandé, sauf les frais habituels de déplacement, d'hôtellerie-restauration, et jamais le week-end, bien entendu. Donc, avec le relieur (enfin, son fils qui a pris la relève), vous recyclez d'anciens volumes. Il lui suffit de dépecer les pages et d'actualiser les échantillons, puis de réécrire le nouveau millésime sur la tranche. Ainsi, depuis les années 2000, votre collection se réinscrit en permanence, alors que vous avez gardé tous les volumes depuis 1972 entassés dans votre cave. Une vraie fortune en peau pleine fleur. Vous vérifiez parfois que la moisissure n'attaque pas le cuir, mais ils sont tous emballés soigneusement, à l'abri de la poussière. Votre préférence va aux premiers millésimes. Vous ouvrez l'un de vos préférés, 1974, et vous savez sans hésitation retrouver la page de ce patchwork de lignes géométriques entrecroisées sur de grosses fleurs orange (votre premier succès, vous en aviez beaucoup vendu, on se l'arrachait pour des salons, des chambres, des cuisines, des couloirs). Vous caressez son aspect gaufré, respirez l'odeur d'amande de la colle, et vous reviennent aussi instantanément en mémoire de vieilles chansons d'époque comme *Les Gondoles à Venise* de Sheila et Ringo, vous la chantiez à tue-tête avec votre future épouse que vous veniez de rencontrer. Elle était encore au lycée, accrochait des fleurs en papier crépon sur ses jeans, vous portiez des costumes en velours lisse, pantalon et veste cintrée à large col, votre patron avait fini par vous fournir une voiture personnelle, vous aviez choisi un coupé 504 beige métallisé. Vous refermez les cartons de la cave avec précaution, ici se trouvent vos œuvres complètes, et chaque échantillon de papier évoque une sensation ou un sentiment plus sûrement que n'importe quelle page de roman. Depuis 2000, en revanche, votre collection ne vous intéresse plus guère et, si vous êtes capable encore de vanter avec la même fougue les revêtements, vous gardez la nostalgie des papiers à rayures démodés, des tissus à fleurs surannés. Aujourd'hui, les produits sont standardisés, de vagues unis aux nuances discrètes, reproduits à l'infini, sans compter le blanc, décliné sous toutes ses formes, du cassé au polaire en passant par la stupide imitation du plâtre (avec les fausses traces de spatule pour faire plus vrai). Le blanc, véritable tyrannie, parfaite dictature de l'intérieur moderne, dites-vous souvent. On assimile le bon goût de l'uni au reflet de nos vies lisses. Mais il faut pouvoir mesurer sa vie devant un mur de cuisine aux motifs répétitifs de moulins à café et de tasses à thé, se savonner dans une salle de bain couverte de dauphins bleus et parsemée de coquillages. On regardera un film sentimental sur fond de cygnes amoureusement entrelacés. Malheureusement, on a pris l'habitude d'assimiler ces papiers peints au kitsch et de les renier. On s'est fourvoyé dans l'absolu d'un bon goût universel et incontestable pour ne pas être choqué par la fantaisie, l'extravagance. C'est une grossière erreur : leur beauté éclatera au grand jour lorsque nous en aurons fini avec nos peurs.

22

Tu t'es arrêtée sur une aire d'autoroute. Tu roules depuis moins d'une heure, mais tu es déjà fatiguée et il t'en reste encore deux pour revenir chez toi (un instant, tu as la vision fugitive de ton arrivée, la voiture garée en bas de chez toi, le quartier et le hall déserts, inquiétants, les trois boîtes aux lettres froissées, il sera plus de minuit). Les phares des automobiles t'épuisent. Tu ne t'habitues pas à ces faisceaux qui balayent l'asphalte, le dispersent en éclats soudains, en tessons lumineux qui se reflètent partout, sur le pare-brise, sur les vitres, dans le rétroviseur, arrivent par paquets puis s'éloignent avec la rapidité des elfes, te laissant dans l'ombre de la route où il te semble que n'importe quoi, voiture, moto, animal, piéton, va surgir, comme spontanément germé de la surface noire du macadam. Tu te demandes comment a fait l'ancêtre pour avaler autant de kilomètres (au restaurant, il a comparé ses trajets à deux fois la distance Terre-Lune aller et retour, soit plus d'un million et demi de kilomètres parcouru en quarante ans, a-t-il précisé). D'ailleurs, la lune éclaire ta route depuis le début, bien lumineuse dans un ciel sans nuage et presque pleine. Tu l'aperçois encore au-dessus du vague halo blafard de l'enseigne, juste avant de pénétrer dans la station-service. L'endroit est bien agencé. Quelques fauteuils sont regroupés autour d'un téléviseur allumé, mais le salon est vide. On trouve aussi deux flippers dont un avec le mot BONUS inscrit en lettres capitales sur la poitrine disproportionnée d'une pin-up. Un jeu de foire propose d'obtenir une des peluches bon marché enfermées dans une vitrine par l'intermédiaire d'une grue manœuvrée à grand renfort de pièces. Il y a même un petit manège pour les enfants, avec un cheval brun et un cochon rose à enfourcher. Mais il n'y a pas d'enfants, ni de mères, c'est une station surtout fréquentée par les routiers. Deux camionneurs regardent une devanture qui expose des canifs, des porte-clés et des figurines en plâtre. Ils échangent quelques mots brefs dans une langue que tu n'arrives pas à saisir (lituanien, polonais, slovaque ?). Un autre est arrêté devant une étagère qui propose des articles dévolus à la conduite au long cours : jerricans, outils, bouchons de réservoir, chiffons en peau de chamois, batterie de gamelles, réchauds et même de ces téléviseurs portatifs dont tu aperçois parfois la lueur dans les cabines. Un homme en maillot de corps, serviette sur l'épaule, est sorti des toilettes en sifflotant, une trace de mousse à raser sur le cou. Tu entends un bruit de chasse d'eau et de sèche-mains. Tu as pris un café, enfin si on peut nommer ainsi ce breuvage amer mêlé à l'odeur du gobelet de plastique distendu par la chaleur. Un grand blond tente une phrase en français avec un fort accent slave pour payer son sandwich, et la serveuse en uniforme fait mine de ne pas le comprendre. Un type avec un pull-over troué entre soudainement et demande à la cantonade si quelqu'un peut lui prêter une clé plate de vingt-quatre. Personne ne répond. Il reste quelques instants à attendre (Putain, c'est bien ma veine) et s'en retourne dans l'obscurité. Tu remarques encore la mention « véritable arabica de Cuba » apposée au-dessus de grains de café phosphorescents de la taille d'une pastèque sur la façade d'un percolateur. Tu jettes ton gobelet dans la poubelle et tu sors. Tu ne remontes pas maintenant dans ta voiture. Tu longes la station lentement, tu passes la main sur les muscles endoloris de ton cou. Le reflet des vitrines s'éloigne, la nuit t'enveloppe de nouveau. Il fait bon, il te faut marcher un peu, ne pas te laisser endormir par l'étrange torpeur de la conduite. Tu n'as pas l'habitude. Tu repenses à l'ancêtre, ses quarante ans de route, son aspect massif, mais la manière particulièrement souple dont il a devancé d'un trait la raison de ta venue. Sa dernière phrase, sans appel : Je refuse de partir. Tu n'as rien dit, n'as pas cherché à le convaincre, et de quoi d'ailleurs, de quel droit, toi fraîchement arrivée. C'est finalement mieux que cela se soit passé ainsi. Vous avez pu parler d'autre chose. Ça l'avait décoincé, mis en verve. Et puis les visites chez les clients. Son mutisme à nouveau, mais sans doute dû à la fatigue, tu as bien cru qu'il allait défaillir lors de sa quinte de toux. Il fume vraiment beaucoup. Il en a encore grillé deux sur le parking de l'autoroute avant que tu reprennes ta voiture. Mais il avait retrouvé son éloquence. En ouvrant son coffre pour saisir tes affaires, il t'a montré les trois cartons de vin en rigolant. C'est pour un client. Du bourgogne, hautes-côtes-de-beaune, un délice ! Si vous en voulez, vous me passez commande, j'ai un bon prix chez un producteur de mes amis. Il y avait aussi ce livre, la *Correspondance* de Rimbaud, jeté négligemment devant les cartons. Tu l'as désigné. Ah ! Rimbaud ! a-t-il fait, toute une histoire, je vous la raconterai un jour, mais partez, vous allez arriver tard sinon. L'ancêtre est vraiment un personnage.

À marcher dans le noir, tu t'es retrouvée pas loin du parking des camions. Tu as entendu un sifflet, quelqu'un qui t'apostrophait d'une cabine en agitant un bras. « Tu viens, chérie ? » se comprend dans toutes les langues (lituanien, polonais, slovaque ?). Tu as fait demi-tour, tes pas vers les vieilles lumières. La lune, à nouveau devant toi, ressemblait à une baudruche accrochée à la station.

23

C'est au moment où vous êtes à l'endroit le plus rectiligne (autoroute, volant bien en mains, quarante ans de conduite) que vous éprouvez une irrésistible envie de tourner, virer, braquer, changer de direction, pivoter, donner un coup de volant, virevolter, debout sur les freins, pirouetter, fermant les yeux, tournoyer, cul par-dessus tête, tourbillonner, la cabane sur le chien, tordre, éluder, contourner, freiner à mort, klaxons des voitures qui vous frôlent, gravillons heurtant le châssis, nuage de poussière derrière vous. Vous n'en faites rien, c'est juste une vision, une fraction de seconde, et la route renouvelée, ses lignes, ses bandes discontinues, réfléchissantes, la rigueur des barrières de sécurité, la prévenance des panneaux (« Réduisez votre vitesse », « Attachez votre ceinture », « Pas plus de 50 km/h par temps de brouillard »), toute une ligne de conduite, la bien nommée ligne, la truculente conduite raisonnable, ne jamais s'énerver, ne jamais dépasser la vitesse autorisée, s'autoriser la prudence uniquement, penser aux autres, précaution, réserve, retenue, discernement, modération, l'apanage du citoyen circonspect, attentif, responsable, vigilant, concentré, assidu, appliqué, zélé, réfléchi, avisé, obéissant et docile, doux et mesuré, sage et vertueux, c'est au moment, donc, où vous êtes ainsi tiraillé, ballotté, hésitant, indécis, ennuyé, qu'il vous faut vous arrêter. Vous le savez, vous êtes averti, vous avez conscience de ces moments dangereux, route, autoroute, asphalte, macadam, goudron, un leurre dans le paysage, une hérésie dans votre vie, l'alliance du temps et de l'espace ne se fait jamais sans un pacte avec le diable, vous le savez, vitesse, précipitation, empressement, diligence, célérité, hâte, impatience et promptitude, combien de mots se bousculent à cent à l'heure dans votre tête propulsée à cent trente, lorsque viennent ces pensées folles, itératives, récurrentes, répétitives, ondulatoires, stroboscopiques, fuyantes, incertaines mais alourdies par la vitesse, adulées par un siècle et demi d'automobile, vous le savez : il est temps de vous arrêter.

C'est une station d'autoroute, une aire, dit-on (même appellation pour les aigles), un terrain, une surface, un espace dégagé par des bulldozers pour y étaler quelques parkings, ériger un ou deux bâtiments, planter un bosquet d'arbres. Un paysan en tracteur longe le grillage et traverse son champ sans la moindre attention pour le trafic. Dans ce genre d'endroit, il y a parfois un château en limite de paysage qu'on regarde en déjeunant sur une table de pique-nique. Vous prenez de l'essence (une fois, vous avez estimé à cinq camions-citernes le carburant que vous avez consommé jusqu'à présent), vous garez votre véhicule, vous vous dirigez droit vers la caisse pour payer (parfois, sans prendre le temps de bien choisir, vous chopez au passage dans les présentoirs un sandwich dans un emballage triangulaire, une barre de chocolat, une bouteille d'eau minérale, un ice-cream, un paquet de chewing-gums). Vous vous rendez ensuite aux toilettes (et où poser le sac contenant le sandwich, la bouteille, l'ice-cream, les chewing-gums, le chocolat ?). Dans les toilettes, il y a toujours un homme en maillot de corps, serviette sur l'épaule, visage couvert de mousse à raser, indifférent au passage derrière lui, au bruit mêlé des chasses d'eau et des sèche-mains. Vous ressortez, passez devant une salle (quelques fauteuils autour d'un téléviseur allumé), un flipper et un jeu de foire où une grue manœuvrée par une manette à grand renfort de pièces vient saisir une peluche bon marché enfermée dans une vitrine. Il y a aussi un petit manège pour les enfants, avec un cheval brun et un cochon rose à enfourcher (vous ne l'avez jamais vu fonctionner). Vous vous dirigez droit vers les machines à café, disposées en arc de cercle devant quelques tables hautes et aucune chaise. Vous prenez un expresso (parfois un capuccino), cherchez un endroit libre pour vous installer. Votre position est toujours la même, accoudé, une jambe tendue, l'autre repliée à la manière d'un échassier avec la pointe de la chaussure posée sur le carrelage et la douleur permanente, musculaire, au niveau des reins, à laquelle vous ne prêtez plus attention. On peut alors souffler. C'est une station surtout fréquentée par les routiers. Des Lituaniens, des Polonais et des Slovaques regardent les devantures qui exposent des canifs, des porte-clés, des figurines en plâtre ou de ces articles dévolus à la conduite au long cours : jerricans, bouchons de réservoir, chiffons en peau de chamois, batterie de gamelles, réchauds, téléviseurs portatifs dont on aperçoit la nuit les lueurs dans les cabines. Quelques clients se pressent à la caisse. Pour payer son sandwich, un grand blond tente une phrase en français avec un fort accent slave, la serveuse en uniforme fait mine de ne pas le comprendre, un type avec un pull-over troué arpente à grands pas les rayons, demandant à qui veut l'entendre une clé plate de vingt-quatre. La pause ne dure que quelques minutes, arrêt sur image pour une humanité de circonstance, avec un goût de déjà vu, un instant éparpillée sur les circonvolutions de l'asphalte et qui s'est donné rendez-vous ici pour des tâches ordinaires, se laver, passer aux toilettes, se dégourdir les jambes, manger un morceau, se distraire, acheter quelque objet incongru dans le grand bazar du monde, finalement se côtoyer dans des contingences individuelles, des aventures minimales, des hasards de fortune. Derniers gestes en commun (jeter dans la poubelle le gobelet de plastique distendu par la chaleur), dernières visions (la mention « véritable arabica de Cuba » apposée sur des grains de café phosphorescents de la taille d'une pastèque, le mot BONUS inscrit sur la poitrine disproportionnée d'une pin-up de flipper), derniers bruits (le type et sa clé plate de vingt-quatre qui insiste, les chasses d'eau, le sèche-mains), dernier étirement pour le dos douloureux et vous repartez, portes pneumatiques qui s'ouvrent, l'odeur de gasoil du parking retrouvée. Vous en grillez une avant de rejoindre votre voiture, dernier instant partagé avec d'autres, routiers, VRP, touristes, passagers, conducteurs. Partir en fumée, rejoindre l'autoroute. À nouveau l'humanité s'éparpille dans les véhicules, se disperse dans l'espace comme une nichée d'aigles quittant l'aire.

24

Tu es maintenant à Paris, banlieue sud. Tu as préféré le train, et l'un des représentants du secteur est venu te chercher à la sortie du RER. Il va être midi et vous êtes déjà passés chez quelques clients. En région parisienne, la situation est différente, t'explique le représentant (un commercial jeune et sérieux) : les zones marchandes sont sous la tutelle de centrales d'achats, seuls restent quelques magasins individuels échappant aux grandes chaînes. Heureusement, le bassin de population est tel que même la plus modeste officine arrive à tirer son épingle du jeu, précise-t-il, lui-même tiré à quatre épingles dans un costume à rayures avec une allure de premier de classe. Beaucoup s'installent ici, rénovent, ont de l'argent et surtout désirent que leur logement ne ressemble pas à celui de leur voisin. C'est ce qui nous sauve. En effet, malgré son arrivée récente dans l'entreprise, il réalise déjà un chiffre d'affaires important. Il travaille vraiment à l'opposé de l'ancêtre, vend très peu de papiers peints, mais propose beaucoup de solutions complètes basées sur la gamme des salons. La difficulté, poursuit-il, c'est de trouver des lieux de présentation, car la surface est très chère, donc restreinte. C'est pourquoi j'ai eu l'idée d'un club d'exposition. Plutôt que de proposer tout et partout, j'associe les marchands et je les spécialise : à Thiais, ce sont les canapés, au Plessis, le mobilier de style anglais, et à Bourg-la-Reine, la lustrerie et la décoration murale. Nous organisons des promotions à tour de rôle, relayées dans les autres magasins, ce qui fait que nous sommes en permanence attractifs. Les commerçants, méfiants au départ, y ont trouvé leur intérêt et se serrent les coudes. Régulièrement, j'organise des dîners pour développer cet esprit de corps. Tu acquiesces, tu souris et tu affiches ta satisfaction. C'est l'aspect le plus plaisant du domaine de la vente, le plus gratifiant de ton métier, de s'apercevoir qu'une méthode fonctionne bien. Malheureusement, le jeune commercial est déjà sur le départ, il termine à la fin du mois et ira rejoindre le service marketing d'un fabricant de mobilier, plus en accord avec sa formation initiale. Celui qui va le remplacer est moins brillant. Il s'occupe du secteur est de Paris, et n'a réussi qu'à faire baisser le chiffre de vente d'année en année. Tu le soupçonnes de falsifier les résultats, mais, hier, ton chef (en chemisette lavande et cravate lilas) a coupé net à tes réticences : lui et personne d'autre, on ne peut pas se permettre d'abandonner le réseau des commerçants en banlieue sud au moment où les résultats décollent. Vous êtes revenus à la station du RER, où justement vous l'attendez pour aller déjeuner tous les trois.

Le repas sera morne. Visiblement, les deux représentants ne s'apprécient guère. On en restera aux banalités. Toutefois, il y aura un moment intéressant lorsque le remplaçant désigné te racontera une anecdote sur l'ancêtre. Il était alors en formation avec lui, dix ans auparavant, et ils sillonnaient ensemble le secteur des Ardennes. On était à Charleville, et là, vous ne savez pas ce qu'il fait, l'ours ? Il gare sa voiture devant le cimetière et me dit : Attends-moi là. J'obéis, je me dis qu'il a sans doute de la famille enterrée ici. Mais ça dure, ça dure… Je sors de la voiture, je m'approche de l'entrée, et je le vois, recueilli devant une tombe, immobile. À ce moment, un gardien s'approche de moi, voyant que j'ai l'air surpris. C'est la tombe d'Arthur Rimbaud, qu'il dit. Et je me suis renseigné auprès d'autres représentants : l'ours aime la poésie, un vrai fana, paraît qu'il fait le coup à tout le monde, à chaque fois, hop, détour par le cimetière de Charleville, des fois qu'il y aurait du papier peint à refourguer aux macchabées.

25

Voici *l'ombre des routes.* Un Rimbaud en désordre s'avance (*voilà mille loups, mille graines sauvages*), d'un coup des images surgissent (*des routes bordées de grilles et de murs, contenant à peine leurs bosquets*), en aphorismes ténus, en reconstitutions lentes (*du désert de bitume fuient droit en déroute*), se mêlent à la rigueur du marquage au sol (*avec les nappes de brume échelonnées*), bandes continues, discontinues (*en bandes affreuses au ciel qui se recourbe*), rectitude des barrières, fondu-enchaîné du ciel (*se recule et descend, formé de la plus sinistre fumée noire*), des panneaux défilent, effacent un bosquet (*que puisse faire l'Océan en deuil*), giflent le paysage, annulent un horizon (*les casques, les roues, les barques, les croupes...*). Vous le savez (*les aubes sont navrantes, toute lune est atroce et tout soleil amer*), vous avez l'habitude, incantations des phrases, enchantements du sens de ses mots au son du moteur, vous murmurez sa voix à la volée au volant, la sienne mêlée à la vôtre, un unisson bariolé, un étrange anachronisme de vous qui êtes *dans ce carrosse dont l'époque est assez indiquée par les glaces convexes*, de vous qui êtes sur l'autoroute *grise et bleue, large comme un bras de mer,* de vous qui avez éteint la radio *sur l'onde calme et noire où dorment les étoiles*, de vous qui êtes assis sur un siège de cuir et de tissu tandis que *la blanche Ophélia flotte comme un grand lys,* vous vous déplacez à la vitesse (*flotte très lentement couchée en ses longs voiles*) de trente-six mètres par seconde, alors rien (*impossible d'exprimer le jour mat produit par le ciel immuablement gris*), ne pas bouger, ne pas faire de geste inconsidéré.

Puis la vierge n'est plus que vierge du livre, *les mystiques élans se cassent quelquefois... Et vient la pauvreté des images, que cuivre l'ennui* : paysage d'autoroute, existe-t-il vraiment ? Un soir, vous vous êtes arrêté (*à moi l'histoire d'une de mes folies*), à force de voir le grain du goudron avalé sous les roues, vous vous êtes arrêté sur la bande d'arrêt d'urgence, devant une borne d'appel. Rien, il ne se passait rien, votre voiture fonctionnait bien, rien à redire, rien à revoir, juste l'impérieuse envie de s'arrêter comme ça, pour rien, que tout cela cesse, vitesse, déplacement, juste parce que dans le soir, entre chien et loup, le bitume semblait devenir plus épais, plus consistant, étalé en flocons irréguliers, accrochant les premiers phares allumés, presque vivant, un pelage de fauve dans le mauve du crépuscule. Le paysage, tranché par la route, paraissait irréel. Ce n'était pas la première fois (souvent vous croyez au long des heures de conduite que tout ce qui vous enveloppe, la carapace de la carrosserie, tout ce qui vous englobe, les panoramas, le monde, l'univers, vous croyez que tout cela n'existe pas). Sensation déroutante forcément, à la limite du vertige, mais la vitesse vous retient, vous plaque au sol, vous aide à ne pas basculer. La question de la réalité subsiste, mais les kilomètres usent, en même temps que la gomme des pneus, la nécessité d'une réponse. Ce soir-là pourtant, vous vous êtes arrêté, pour voir, pour avoir la réponse, savoir si ce qui se trouvait au-delà de la caisse métallique était imaginé, rêvé, à commencer par cette pâte de bitume que la nuit cuisait en croûte grumeleuse. Vous avez éteint le moteur. À votre droite, la borne d'appel orange, à votre gauche, sous la portière, la trace blanche de la peinture collée au sol et le vent violent des véhicules qui faisait tanguer les suspensions. Vous êtes sorti. Il y avait peu de circulation. Vous avez attendu de ne voir à l'horizon que quelques points infimes à venir. Vous avez marché d'un pas hésitant sur l'autoroute. Le ciel encore phosphorescent semblait se mirer sur la surface noire. Des éclats d'obsidienne, c'est l'expression qui vous est venue, dont vous vous souvenez encore maintenant, tandis que vous traversiez la première partie de la chaussée, rejoigniez la ligne discontinue. Sensation étrange, braver un interdit, comme si la pellicule obscure allait vous absorber à la manière d'un sable mouvant, d'une lave incandescente. Il ne s'est rien produit, c'était dur en dessous, vos semelles se détachaient bien, vous avez assuré vos pas. Un camion sur la voie d'en face vous a klaxonné. Il n'y avait toujours pas de voiture venant vers vous. Vous vous êtes agenouillé pour toucher la route, savoir comment c'était, s'assurer qu'elle était bien là, qu'elle existait, capable d'incruster dans la paume de la main ses irrégularités, ses graviers, quelque chose de palpable, de tangible, concret, matériel, indiscutable, indubitable, solide, effectif, établi, quelque chose d'exact, de vrai. Vous vous êtes relevé, avez fait demi-tour, rejoint votre voiture sur le bas-côté, senti à ce moment la claque d'un appel d'air, le souffle d'un véhicule (existait-il ?). Vous avez gravi le talus au-delà de la borne d'appel orange, l'herbe jusqu'au genou, la terre meuble a succédé au goudron sous les pas. Vous avez rejoint un grillage derrière lequel un champ se déployait en mottes luisantes. Quelque chose vous a frôlé la tête (oiseau ? chauve-souris ?), derrière vous le miaulement des voitures semblait vouloir vous plaquer sur le treillis. Une saute de vent vous a apporté une odeur de terre fraîche, odorante, quelque chose de puissant, comme remonté des profondeurs. Vous avez regardé cette glèbe vigoureuse et ordonnée jusqu'à ce que les mailles du treillis s'incrustent dans vos joues. Ainsi, c'est cela, l'espace, l'existence, quelque chose de réel, d'humain, une terre cultivée, patiemment retournée, et non pas ce qu'on désigne par bas-côté, bas morceau d'une vie que la vitesse rétrécit de jour en jour. Et vous avez compris tout ce qui était caché dans la peau des voyages, tout ce qui s'était trouvé étouffé dans le bruit d'une modernité. Et cette immobilité retrouvée, soudaine, décidée, provoquait des sensations, élevait des sentiments, engendrait des mots nouveaux. J'ai seul la clé de cette parade sauvage, disiez-vous, à haute voix, hilare, en redescendant le talus.

26

C'est un week-end à jour férié et à parade militaire. Tu attends ta sœur, fenêtres grandes ouvertes, et l'immeuble d'en face (ses pancartes « à vendre », « à louer ») semble rayer un ciel bas et noir, retenir par un coin de toit l'orage qui s'approche. Le vent tourbillonne, agacé. Un courant d'air fait battre une porte. Ta sœur va finir par arriver au cœur de la tempête si elle tarde trop. Elle aurait dû venir avec ta mère, tu avais prévu de l'inviter aussi. Mais, lorsque tu l'avais appelée, elle avait répondu, lapidaire : Qu'est-ce que tu veux que j'aille foutre chez toi ? Foutre… Quel suc méchant, quel venin de Folcoche l'a ainsi déroutée des relations normales que toute fille est en droit d'attendre de sa maman ? Tu retournes cette question à l'endroit, à l'envers, sans trouver la moindre explication, le moindre accroc ou une vague erreur que tu aurais commise à son égard. Tu as fini par conclure que la vie l'avait usée au point de ne plus avoir envie de vivre peut-être. Et toi, ta vie ? Comment s'abîmera-t-elle ? Par quelle corrosion des jours ? Un nouveau courant d'air t'apporte une réponse claquante. Tu finis par fermer la porte-fenêtre du balcon et tu aperçois au même moment la voiture de ta sœur qui se gare devant la tienne. Vos deux voitures, pareillement isolées dans ce quartier dont tu as souvent l'impression d'être la seule habitante, hormis parfois l'apparition toujours étrange et fugitive de la voisine en savates et vieille blouse bleue. Elle débarque avec son habituelle gaîté (ça va te faire du bien, te changer des idées moroses), une bouteille de bourgogne à la main (tu repenses soudain à l'ancêtre, ses cartons de vin dans le coffre). On va se pinter la ruche, la frangine ! Avec sa coupe de cheveux courts et sa fausse brutalité, elle a toujours aimé accentuer un côté garçon manqué. Ton père disait souvent : Elle joue au fils que je n'ai jamais eu. J'ai une grande nouvelle à t'annoncer, poursuit-elle. Enfin, ce n'est pas encore sûr, mais je vais peut-être être embauchée au service automobile d'une caserne de pompiers ! Tu te rends compte, le rêve de tout garagiste : l'entretien de la grande échelle, du camion-citerne... Elle énumère sur ses doigts les véhicules rouges, les yeux dans le vague pareils aux tiens, un bleu pâle qui vire au gris dès que le temps devient nuageux. Tu la revois jouant avec les petites voitures que ton père lui achetait (c'était toute une comédie lorsqu'on lui offrait une poupée ou un jouet dévolu aux filles). Rassure-moi, tu n'as pas fait encore des lasagnes ! Tu prends un air navré en sortant du four la barquette de pâtes. Tu avais oublié que c'était ce que vous aviez mangé à sa dernière visite. Elle rit et t'embrasse, puis, toujours vive, te montre le sac qu'elle a posé dans l'entrée. On ira courir cet après-midi ? J'ai apporté mes baskets. Il faut que je sois en forme si je veux être embauchée chez les pompiers. Vous regardez les grosses gouttes qui commencent à tomber sur le balcon.

L'orage n'a pas duré. La pluie a été violente, rapide. Tu as rouvert la fenêtre et une odeur de poussière mouillée parvient jusqu'ici. Après le repas, vous vous êtes assises sur ton vieux convertible d'étudiante pour boire un café. Tu as raconté la phobie des canapés et des salons d'un de tes vendeurs. Ta sœur a conclu qu'il y avait vraiment des types bizarres. Moi, c'est la première chose que j'achèterai, avec un téléviseur bien sûr, lorsque j'aurai un logement. Et si j'ai ce boulot, dit-elle en se frottant les mains d'excitation.

Au départ, tu ne sais pas trop où aller. Vous avez pris à droite en sortant de l'entrée, au hasard. Vous courez lentement. Cela fait longtemps. Lorsque tu travaillais au magasin de sport, tu t'entraînais parfois avec d'autres vendeurs et, il y a plus longtemps encore, tu avais pratiqué la compétition au lycée et à l'université. Les réflexes reviennent vite et le souffle s'installe, ponctué par le crissement des pas. Les averses et le vent ont transporté du sable sur le trottoir de l'avenue, vous le remontez jusqu'à un rond-point et la ville semble soudainement s'arrêter là. On prend où ? dit ta sœur. Au hasard tu t'engages sur une des routes bordées d'un talus mal entretenu. Après quelques centaines de mètres, la chaussée s'arrête brutalement, remplacée par un chemin de champ où les traces des véhicules ont forgé deux ornières inégales. Il faut louvoyer entre les flaques que l'orage a laissées et les ronces qui traversent le bas-côté. Tu penses faire demi-tour, mais la ville, un instant interrompue, bordée à présent de buissons échevelés, semble continuer au loin par quelques immeubles bas. En effet, de la même manière que la chaussée s'est interrompue pour laisser place à la terre, le goudron reprend ses droits un peu plus loin, se borde d'un trottoir et s'arrondit à nouveau autour d'un rond-point. Ce que tu avais pris pour des immeubles bas est en réalité une construction en cours, constituée de larges murs de béton encore brut percés çà et là de petites ouvertures. Tu penses à la nouvelle prison, oui, ça doit être cela. Vous longez le vaste chantier, et une pancarte (« L'État investit pour votre avenir »), achève de te convaincre. Plutôt tristounet comme endroit, hasarde ta sœur. Derrière un alignement d'engins de terrassement s'ouvre un espace constellé de ce que tu penses être au départ des baraques de chantier. Mais il y en a vraiment beaucoup, peut-être cinquante, elles sont disparates, cernées de palissades en bois, pourvues d'étranges fenêtres à double vitrage. Regarde, c'est bien agencé quand même ! Ta sœur s'est arrêtée près d'une de ces maisonnettes et regarde par une ouverture. Il y a un jardinet prévu pour chacune avec un accès de plain-pied par une porte-fenêtre. Ce que tu avais pris pour des palissades sont en réalité les lattes de bois qui revêtent les murs de ces habitations. Avec la pluie d'orage et le ciel bas qui roule encore, tu ne partages pas l'enthousiasme de ta sœur. On dirait quand même des cabanes, quelque chose de vite construit, on aperçoit la laine de verre dans le châssis des fenêtres mal jointes, les planches sont déjà grises, comme recouvertes d'une poussière collante, d'une mousse déjà indélébile et qui a taché les veines du bois. Tu crois que ce sera pour les prisonniers ? Dans ce cas, c'est bien… Un peu étroit et sombre, mais vachement bien pour des détenus, ajoute ta sœur (plus tard, tu apprendras par le boulanger que ce sont les logements des gardiens).

C'est au retour (vous décidez à l'endroit des maisonnettes de repartir en sens inverse) que tu aperçois les chiens. Au départ tu n'avais pas remarqué les vieilles caravanes au fond d'un terrain vague. Et tu as entendu les aboiements. Vous avez tourné la tête toutes les deux en même temps en direction des chiens, constaté avec stupeur que rien ne semblait les retenir, pas de chaînes accrochées à une niche, aucun enclos. Rien que cette image, l'espace d'un instant, et tu as su que ça allait mal tourner. Tu as dit : Il faut déguerpir, et vous avez brutalement accéléré. Juste sentir au bord de ton champ de vision les deux chiens qui s'élancent, la porte entrouverte d'une caravane avec la stature d'un homme dans l'encadrement, immobile, vous observant, ne faisant pas un geste pour retenir ses molosses et que vous entendez maintenant, plus déchaînés et plus proches, comme excités par la cavalcade de votre course soudaine. Tout va très vite, ils hurlent, bave au coin des babines, ils traversent le champ, vous rattrapent, longent une clôture de barbelés qui les sépare de vous deux. Ils courent à vos côtés, l'œil fou, écumants, excités par leurs propres aboiements. Vos cris, le souffle désordonné, vos pieds qui se prennent dans les épines. Ta sœur crie : Oh non ! Et tu comprends d'un coup d'œil que la maigre protection de barbelés s'achève dans moins de dix mètres, juste le temps d'y arriver, sentir ta sœur qui te double par la droite, se fige, face aux chiens, la bouche tordue par la peur, brandissant une pierre, criant : Approche, approche ! Les chiens maintenant vous font face. Approche, tu vas voir ! La peur et tout ce qui passe par ta tête à cette seconde, maudit endroit, l'image peut-être de ton chef en chemisette couleur de flaque d'eau du chemin, tout ce qui s'accumule en toi depuis un mois, le déménagement, cette ville de rien, ce loin de tout, ce boulot insaisissable, ta peur de ne pas être à la hauteur, décuplée par celle des chiens. Dites-moi que je rêve, dites-moi que cela va s'arrêter. Pensées et gestes distincts, te voir, comme dissociée de ton corps, spectatrice de toi-même, brandissant l'espèce de madrier (tu n'auras même pas le souvenir de l'avoir ramassé), un truc énorme, lourd et carré, du bois maculé de ciment, hérissé de pointes, le faisant tournoyer au-dessus de ta tête, manquant presque de heurter ta sœur au passage, le hurlement inhumain que tu as, ta voix que tu ne reconnais pas, tu avances droit sur les chiens qui esquissent un pas de côté, puis reculent toujours aboyant. Toi avançant, jurant, plus déterminée que jamais, eux qui refluent, surpris, s'éloignent, déconcertés, cèdent du terrain, perdus maintenant dans l'entrelacs de buissons, aboyant pour la forme, moins vindicatifs déjà, puis ils fuient pour de bon. Ta sœur enfin qui te touche le bras, te dit : C'est fini, ils sont partis.

27

À la télévision, le défilé militaire semble factice, vous le regardez dans la chambre d'hôtel, en chaussettes et maillot de corps, allongé sur le lit, le pantalon de tergal de la veille enfilé par habitude, mais c'est férié et la cravate est délaissée sur la chemisette, elle-même accrochée à l'unique chaise. Défilé, cortège, carnaval éternel des armées : véhicules miniatures, petits soldats de plomb figés dans la raideur du défilé, même le président qui les salue lorsqu'ils passent devant la tribune officielle est pareil à une marionnette, regard fixe et gestes saccadés. Des commentateurs interrogent des passants convaincus, des ministres convenus, tout un consensus sur fond de marches militaires. Autrefois (c'est une époque à « autrefois » pour vous, tout vous pousse en ce moment à comparer présent et passé), jadis donc, toute cette mascarade était prétexte à critique, c'était encore la guerre du Vietnam, on se souvenait de pareils chars occupant Prague, Jan Palach était encore si proche. C'est elle qui vous avait appris son nom. Elle était au lycée, ne loupait aucune occasion pour manifester avec ses fleurs en papier crépon accrochées sur ses jeans. Ce premier été, vous iriez camper. Vous aviez eu un peu de mal à convaincre ses parents, mais la bonne situation, la belle voiture, vos costumes en velours lisse avaient fini par l'emporter. Il reste peu de choses en souvenir, l'odeur de la toile de la tente, le matelas pneumatique qui se dégonflait pendant la nuit, la première cigarette du matin, tout seul devant la brume des aubes froides au bord d'un lac. Elle dormait longtemps. Plus tard, assise en tailleur devant la tente, elle taillerait avec un canif votre pantalon pour en faire un short effrangé. À la rentrée, elle avait retrouvé le chemin du lycée, mais s'était mis en tête d'habiter avec vous. Vous aviez trouvé un appartement, il avait fallu convaincre encore ses parents, seulement d'accord si elle travaillait sérieusement pour son baccalauréat. Vous reveniez le vendredi soir et il y avait toujours quelques-unes de ses copines à la maison, curieuses de vous, envieuses d'elle. Elle n'avait pas eu son bac, n'avait pas voulu redoubler. Ses parents vous avaient mis en main le marché de son avenir. Vous aviez fixé la date du mariage. Ce n'était pas un piège, tout était si simple, vous partiez le dimanche soir ou le lundi, vous rentriez le vendredi, parfois une fois en semaine, ce foyer – votre foyer – avait la légèreté d'un petit feu d'allumettes, le grésillement ténu des blondes américaines que vous fumiez maintenant. Fiançailles, mariage et toujours les copines à la maison, de plus en plus envieuses, surtout quand la fille aînée était venue au monde. Elle, toujours insouciante, accrochait maintenant ses fleurs en papier crépon au-dessus du berceau, chantait pour l'endormir *Dis-lui* de Mike Brant qui venait de disparaître. Vos affaires avaient pris de l'importance. Il ne se passait pas une semaine sans qu'un nouveau client vienne s'ajouter à des tournées déjà chargées. Vous rouliez dans une Audi coupé dernier modèle pour attraper un temps qui filait de plus en plus vite, des mégots qui débordaient de plus en plus souvent du cendrier. Et pourtant vous aviez vingt-deux ans. Votre patron à peine plus vieux que vous fêtait déjà l'arrivée de son deuxième enfant.

C'était autrefois, jadis, un temps ancien, une époque révolue qui vous paraît tellement lointaine aujourd'hui. Quand est-ce que ça s'est brisé ? Et où, pourquoi, comment ? Le président salue une escouade de parachutistes, le commentateur croit bon de préciser que ce sont tous des as, triés sur le volet. Vous éteignez le poste de télévision. Dehors, l'orage menace.

28

Ton chef (en chemisette turquoise, avec de vagues circonvolutions en relief qui évoquent un papier toilette à triple épaisseur) t'a cérémonieusement appelée dans son bureau. Le patron voudrait te proposer un *deal*, dit-il, forçant exagérément sur l'accent comme chaque fois qu'il emploie un mot anglais. Il souhaiterait grouper les deux services des ventes, le nôtre et celui de sa maison. Il te propose de travailler avec le vice-président (un instant, tu revois à nouveau le grand type, la voix de basse mêlée aux gloussements de la responsable des finances). Vous réorganisez tout ça et, bien sûr, si ça marche, tu deviens la directrice des ventes. Il a la mine défaite et les poils de ses bras remuent faiblement en pelage de matou triste tandis qu'il triture une des balles de golf de son bureau. Il devait sans doute attendre une promotion, quelque chose de gratifiant, mais le soin qu'il avait mis à recevoir l'équipe directoriale n'a pas servi à grand-chose. Pire, c'est toi, la dernière arrivée, qui récoltes les fruits attendus. Inutile de te dire, poursuit-il, que tu dois d'abord terminer ta période d'essai et, comme il était convenu, renvoyer l'ancêtre. Tu bafouilles, marques la surprise, laisses entendre que tu n'as rien demandé. Il balaye l'air d'un revers de main comme pour ignorer ta réponse, se lève brusquement et va se ratatiner dans le canapé de cuir blanc. Je n'aurais pas dû embaucher une femme, c'est toujours le bordel, marmonne-t-il avant de se taire définitivement.

Le temps de « ma cocotte » est terminé, tu n'as plus qu'à sortir de la pièce.

29

Vous avez enfilé la chemisette délaissée sur l'unique chaise de la chambre d'hôtel, noué votre cravate dans des gestes familiers. Vous jetez votre veste de costume par-dessus l'épaule et descendez jusqu'à la réception. D'habitude, vous prenez un petit déjeuner, mais il y a cette nausée qui ne vous quitte pas depuis hier. Vous ne connaissez pas le client que vous devez rencontrer (le rendez-vous a été pris par la secrétaire), il s'est nouvellement installé dans une zone commerciale de la périphérie. Cela fait des années que vous n'êtes pas passé dans le coin. Les grandes barres qui autrefois achevaient la ville paraissent plus petites que dans vos souvenirs. Plus sales aussi. Il vous semble qu'il y avait des arbres et des jeux d'enfants entre deux immeubles que vous longez, mais il n'y a plus qu'un parking avec juste une carcasse de voiture en son milieu. Vous avez peut-être parcouru cinq cent mille kilomètres depuis que vous êtes venu ici, mais ces quelques centaines de mètres vous reviennent avec une précision absolue. Juste après la station-service (maintenant désaffectée, seul reste l'emplacement des pompes), il y avait un vieux hangar en bois qui ressemblait à un ranch américain. À peine le temps de constater qu'il a disparu aussi (une immense palissade a été érigée pour cacher le terrain vague, planches récupérées du hangar ?) et vous voilà brusquement dévié sur la bretelle d'une voie rapide qui autrefois n'existait pas. La déviation est de courte durée : vous rejoignez un rond-point derrière lequel vous devinez la zone commerciale. Et c'est là, dans l'arrondi des routes, coincé entre une flopée de panneaux publicitaires, un concessionnaire d'une marque d'automobiles et une enseigne de restauration rapide que surgissent les croix blanches du cimetière militaire. Et tout vous revient en mémoire : vous reconnaissez les deux obus de pierre sculptés de lauriers qui annonçaient l'entrée. La croix doit toujours être là : troisième rangée du milieu, cinquième croix à compter de la gauche. C'était fin novembre, le jour de votre anniversaire vingt-trois ans auparavant. La radio devait parler du mur de Berlin tout juste tombé. On ne savait pas encore comment tout cela allait tourner. Votre anniversaire, donc, et l'idée saugrenue vous était venue de vous arrêter dans un de ces cimetières qui jalonnent l'est de la France. Une fatigue peut-être, ou le même élan qui vous avait poussé à aller tâter un soir le macadam de l'autoroute, ou d'autres fois à stopper au pied d'un tas de betteraves pour en saisir une, enveloppée de terre collante. Saisir, sentir la réalité des choses, le sol sous les pieds, toujours le même refrain, la même obsession pour qui s'enfonce dans une vie de kilomètres qui finissent par n'avoir plus aucune consistance. Un même élan, et vous voilà au pied des deux obus sculptés de lauriers qui annonçaient l'entrée du cimetière. Vous vous en souvenez avec une étrange acuité. Il faisait froid. Comme souvent, le gel était venu brutalement, un coup de semonce avant l'hiver à venir. Vous étiez resté impressionné devant les croix blanches alignées. Au pied des monuments, des gerbes çà et là déposées pour le 11-Novembre achevaient de brunir. Il y avait, côte à côte, les drapeaux français, anglais et canadien. Vous vous étiez décidé pour une tombe, une seule, troisième rangée du milieu, cinquième croix à compter de la gauche, parce que vous aviez trente-cinq ans ce jour-là. Le nom sur la croix, vous ne vous en souvenez pas. Vous vous souvenez juste qu'il n'y avait rien autour, pas de panneaux publicitaires, ni garagiste, ni restaurateur. Vous pensez aux familles qui viennent maintenant honorer un aïeul tombé au champ d'honneur, comme on dit. Comment peut-on se recueillir entre une publicité célébrant l'anniversaire du supermarché tout proche et une autre vantant un dernier modèle de voiture, voire la promotion du jour sur l'andouillette du chef ? Vous hésitez à vous arrêter à nouveau. De toute façon, la circulation du rond-point vous pousse à entrer dans la zone commerciale, à louvoyer entre les enseignes tapageuses, les parkings alignés, les entrepôts construits à la va-vite. Vous pensez à tout ce qui a changé, cette fuite vers la consommation pour combler le vide de nos vies. Tout ce qu'on permet : qu'un maire, un député, un ministre balaye d'un revers de manche ce que d'autres maires députés, ministres, avaient estimé indispensable en leur temps, le culte du souvenir, un « plus jamais ça » devant les guerres, quelques endroits protégés pour que ceux qui avaient envoyé un fils, un frère, un père puissent aller se recueillir devant une croix, une plaque, un nom en terre étrangère. Devenu ringard tout cela, trop immobile, de la poussière d'os. Invendable. Parce que la ville pousse, insiste, réfute, veut du choix, des achats, du tout, du rien, déambuler parmi les voitures neuves en rêvant, acheter à prix imbattable le gigot du dimanche, un maire, un député, un ministre ratifie l'autorisation d'une nouvelle zone marchande qui viendra coller un rond-point et sa débauche de laideur multicolore devant les croix blanches. Parce que vous avez l'habitude de vous diriger dans ces zones sans ordre apparent, vous tombez tout de suite sur le magasin qui vous attend. Sous l'enseigne neuve (*Déco discount*) apparaît encore la trace du marchand précédent et de son slogan (« Tout pour les plantes »). Vous vous arrêtez, décidé à ne faire aucun effort pour vendre, à rester muet comme une tombe. Au retour, vous irez saluer la cinquième tombe de la troisième rangée. Le nom n'y figure plus, on voit juste la trace des deux clous qui fixaient la plaque émaillée.

30

D*éco discount* : c'est dans ce magasin, qui plus est nouveau dans votre liste de clients, que l'ancêtre a réalisé le meilleur chiffre d'affaires de la semaine. Comment peut-on vouloir se séparer de lui, tuer la poule aux œufs d'or ? Tu es dans la cuisine, ordinateur allumé, un pot de yoghourt vide à côté. Tu croques une pomme en regardant les résultats (avec toujours cette incapacité à occuper plus de deux pièces à la fois, la cuisine comme un bureau, le salon comme un entrepôt avec les cartons du déménagement encore fermés). Tu as jeté avec soulagement tes escarpins neufs en travers de l'entrée. Aujourd'hui, il fallait être bien habillée, tu allais au siège de l'entreprise pour la deuxième fois en une semaine. Tu avais aperçu ta silhouette dans une vitrine de la gare en attendant ton TGV. La jupe un peu courte peut-être, mais la veste assortie. Est-ce que tu as l'air d'une directrice des ventes ? Le vice-président s'emballe vite : il a déjà fait des projections sur les gains réalisés en mêlant les équipes. Il prévoit une progression qui te paraît trop ambitieuse. Il évoque devant toi des parts variables de salaires mirifiques. À l'écouter, tu vas devenir riche à millions. Mais tout cela est encore du vent. Tu as aperçu le patron, l'œil vif, s'exprimant toujours avec lenteur, il t'a parlé de ses prochaines vacances, une pêche aux poissons pélagiques au large du Sénégal, organisée par un de ses meilleurs amis du club. Un instant, tu penses club de bridge, puis plutôt réseau de personnages influents qui se cooptent. Des poissons pélagiques, je parie que vous ne savez pas ce que c'est ? a-t-il insisté avant de tourner brusquement les talons, te laissant comme une gourde en plan dans le couloir sans te donner la réponse (tu ne fais pas partie du club). Tu l'as revu, juste avant de partir, par surprise encore. Le vice-président te raccompagnait jusqu'à l'entrée, un taxi t'attendait pour te ramener à la gare. Il a surgi de nulle part derrière vous, a entouré vos deux tailles de ses bras comme le ferait un enfant qui s'immisce entre ses parents. Nous allons faire de grandes choses ensemble ! a-t-il susurré d'une voix sucrée.

De grandes choses… La phrase te laisse dubitative, perplexe, ici, au milieu de ta cuisine, entre ton pot de yoghourt et ton trognon de pomme, avec ton ordinateur encore allumé, sa pendule qui indique minuit et demi (et comme ça avait été inquiétant de revenir de la gare jusqu'ici, routes vides, l'avenue et son terre-plein de mottes grasses, se garer dans l'obscurité – le lampadaire devant l'entrée de ton immeuble n'éclaire plus). De grands mots : pélagique, ça veut dire « de haute mer ». Tu as regardé dans le dictionnaire. De haute mer, haute lignée, haute couture, monde profond, grand bleu peuplé de requins. Deviendras-tu comme eux ? Tu répètes plusieurs fois ton prénom et ton nom, suivi de directrice des ventes. Tu essaies d'articuler dans le nu de la nuit cette carte de visite, comment ça résonne, est-ce que ça paraît réel. Tu évalues le nombre d'escarpins neufs qu'il te faudra endurer. N'importe qui, à ta place, tuerait père et mère pour y arriver. Mon père, c'est déjà fait, reste ma mère, te surprends-tu à dire. Tu as envie de pleurer, tu es fatiguée. Tu éteins l'ordinateur et tu te couches au fond des draps avec ton tailleur neuf.

31

Vous n'êtes maintenant nulle part : sur la route, dans la litanie des camions et la glissade des parapets ou à l'hôtel, dans une chambre à télé suspendue et tablette minuscule en guise de bureau. Vous n'accrochez plus le décor : quarante ans de voyages ont émoussé une réalité qui se résume à se sentir dans une voiture si la fenêtre est munie d'essuie-glaces, dans un hôtel si le pare-brise a du double vitrage. Il faut si peu de choses pour décrocher, un paysage qui défile ou les images de la télé qui se succèdent. Vous ne prenez plus garde aux gestes, ouvrir une porte ou une portière, s'asseoir et boucler sa ceinture, rester debout et déboutonner sa veste, attitudes, postures et mouvements mêlés, à quoi bon y faire attention. L'instant d'avant vous preniez la sortie de l'autoroute qui mène à un *fast hôtel* pour une nuit vite fait, l'instant d'après vous refermerez la porte de la chambre, votre valise et vos clés de voiture à la main. C'est une vie sans comptabilité, à peine recensée. Qui se préoccupe des trajets des VRP ? Qui s'occupait des jours de caravane à chameaux du sieur Rimbaud Arthur, négociant à Aden ? Seules se dénombrent les étapes, les visites, savoir si on a bien vendu, signé des bons de commande, papiers peints, canapés, échangé du café, de l'ivoire contre de vieux fusils, toute une mécanique marchande, une intendance à calculer. Mais les kilomètres (deux fois la distance Terre-Lune aller et retour) ne figurent qu'à titre indicatif comme charges, fardeaux (et c'est vrai qu'à force ça pèse en bas du dos), assimilés dans chaque transaction commerciale, compris dedans, évacués dans l'expression définitive « pour solde de tout compte » ou d'une manière plus légère, puisque cette vie-là ne pèse rien : partir en goguette.

Tout compte fait, à partir en goguette, votre esprit vogue ailleurs sans savoir où vous êtes, arrêté, en étape comme on dit, ou en mouvement, sur la route. Votre esprit est sur une île, ou plutôt à bord d'un bateau qui y mène, dans la poignée de kilomètres qui sépare l'Italie de la Sicile. Vous vous souvenez d'avoir été là il y a quelques années et c'est à cela que vous pensez. Quelques mois avant (ou semaines ?), votre femme avait annoncé qu'elle partait en goguette justement. Goguette, guinguette, fête foraine, manège et tutti quanti. Pourquoi pas l'Italie ? Il restait cette plage de vacances sans rien que les jours à combler, vous aviez roulé puisque c'était la seule chose que vous saviez bien faire (avec vendre des papiers peints), direction le sud, vous ne vous étiez arrêté qu'au bout de la Botte italienne (vagues souvenirs d'étapes rapides dans des stations d'autoroute, cafés serrés, parfois une sieste à même la chaleur des parkings). Au bout, il n'y avait plus rien qu'un bateau à prendre pour continuer le périple en Sicile. Vous avez oublié ce que vous avez fait là-bas, quelles visites, quels hôtels, reste juste en mémoire la traversée, l'anecdote de ce routier qui revenait chez lui. Étrangement, c'est très précis, vous vous souvenez de tout, son visage fatigué, mal rasé, vos avant-bras posés de la même manière sur la rampe du bastingage, dos pareillement courbés, cigarettes échangées, vos regards sur les véhicules du ferry juste en bas, voitures, camions, un ou deux camping-cars. C'est comme ça qu'il vous avait abordé : *Francese* ? Très peu de mots entre vous (vous ne parlez pas italien) mais suffisamment pour échanger quelques noms de lieux que vous aviez en commun, Lille, Nancy, Dijon, Lyon. Lui, vous montrant son camion (un semi-remorque bâché de neuf), vous, à la question *vacances* ?, éludant la réponse d'un geste du bras pour marquer votre indifférence devant cette période de relâche, lui, expliquant où il habitait (Ragusa, un nom comme cela, encore précis en tête), sa manière de passer sa main sur ses joues, cigarette coincée entre l'index et le majeur, une lassitude, un soupir échappé, peu de mots pour comprendre le poids de la route, échanger entre vous le voyage, la bourlingue, les pérégrinations de qui entasse le bitume. Au débarquement, vous étiez remonté dans votre voiture, lui dans son camion, il avait eu ce dernier geste, en passant devant vous, bras levé à la portière, accompagné d'un coup de klaxon. Rien de plus, mais combien cette image depuis vous aide à tenir (savoir qu'il est quelque part sur la route quand vous y êtes aussi) pour tout ce qui n'est jamais pris en compte, vies mobiles, fugitives, fugaces, fuyantes, instables, mouvantes, émouvantes.

32

Le bruit te réveille : un ronronnement de moteur, régulier mais persistant au milieu de la nuit. Tu te lèves et tu regardes en bas. Devant ta voiture garée (unique véhicule de la rue, comme si tu étais seule à posséder le permis, ou à avoir un moyen de locomotion autre que le bus, ou même à habiter ici), il y a deux camionnettes blanches arrêtées sous le lampadaire éteint. On distingue juste les ombres de trois hommes qui discutent devant. Tu n'as pas allumé la lumière, tu te dresses sur la pointe des pieds et tu colles ton regard entre les lames de plastique du volet roulant. Tu veux voir mais sans être vue. Que font-ils ici ? À quels trafics se livrent-ils ? Mais on ne décharge rien des fourgonnettes, les hommes sont immobiles, la conversation dure. Peu de gestes, une main parfois pour appuyer une parole, un hochement de tête en réponse, c'est une conversation banale. Vu d'en haut, on pourrait croire à des amis qui se retrouvent, si toutefois c'était normal de se croiser par hasard dans une rue au milieu de la nuit. Tu commences à avoir des crampes aux pieds, l'angle de vue t'oblige à des contorsions, la pénombre te fait froncer les sourcils. C'est alors que deux des hommes du trio remontent dans le véhicule de devant qui s'éloigne aussitôt. On entend le craquement de la boîte de vitesses à l'angle de la rue, puis le bruit du seul moteur qui demeure. Le type reste dehors, tout seul à côté de la portière. À l'arrière de la fourgonnette, un petit panache de fumée s'évapore. Tu plisses les yeux pour mieux voir, que fait-il ? À un moment, tu vois l'arc incandescent d'un mégot que le type jette devant lui. Il ouvre la portière, se juche sur le marchepied. Il va s'installer et repartir. Tu vas pouvoir te coucher à nouveau. Mais il redescend aussitôt avec une sorte de balai dans les mains (c'est ce que tu penses), se dirige à l'arrière, là où se trouve ta voiture. Et d'un coup, ce que tu avais pris pour un balai tournoie dans les airs, s'abat sur ton pare-brise avec une violence et un bruit inouïs. Tu cries, tu hurles, ouvres la fenêtre (le type maintenant juché sur ton capot, la barre de fer tenue à deux mains derrière la tête et qui s'abat à gestes répétés, comme une massue au milieu des éclats de verre). Te voilà maintenant à la fenêtre et c'est ainsi qu'il doit t'apercevoir, poing levé vers lui, vociférant en tenue de nuit. Lentement, il redescend du capot, te salue, goguenard, de deux doigts sur le front, avant de remonter dans son camion, d'y balancer sa barre de fer et de repartir sans hâte, tous feux éteints.

La suite : sortir de l'appartement en pyjama, mules aux pieds, descendre l'escalier quatre à quatre, louper une marche, se tordre une cheville, jaillir en courant de l'immeuble, perdre une mule, la remettre, descendre le trottoir, déraper sur le verre pilé, se retrouver devant la voiture, deviner dans la pénombre le trou béant du pare-brise éclaté, les marques de coups sur la carrosserie, se prendre la tête dans les mains, laisser parler la colère, piétiner (sur le verre) en faisant de grands gestes, remonter en courant vers l'entrée, les escaliers, les mules qui achoppent sur les marches, rentrer dans l'appartement resté ouvert.

La suite : le téléphone, la police ou ma sœur ? (Parler à voix haute.) Oh mon Dieu ! (Geindre à voix haute.) Comment fait-on pour la police ? (Appuyer au hasard sur les touches du téléphone.) La voix grave (Vous avez demandé la police, ne quittez pas), l'attente, une voix à nouveau, les mots que tu haches, l'adresse (une patrouille arrive).

La suite : toi tournant dans l'appartement, appeler ma sœur ? (Parler à voix haute.) Regarder la montre (deux heures du matin), tant pis (la sonnerie, la voix pâteuse de quelqu'un qu'on réveille), tes pas, tes gestes lorsque tu parles (cries plutôt), téléphone à l'oreille, le bruit d'une voiture (par la fenêtre restée ouverte), faut que je te laisse, c'est la police, raccrocher, aller à la porte d'entrée, ouvrir, attendre sur le palier, les deux en uniforme (un homme, une femme), c'est ici ?

La suite : la femme (uniforme bleu, queue de cheval blonde) désignant le sol (Vous saignez ?) Toi, regardant par terre, traces brunes sur le sol, une des mules maculée (le verre sans doute), le verre du pare-brise, dis-tu. Elle : Vous êtes descendue ? Toi : Oui. Elle : Ce n'était pas prudent. L'homme (en uniforme, cheveux ras, une cicatrice sur la nuque) referme la fenêtre.

La suite : raconter l'histoire. Non, je n'ai pas bien vu (le lampadaire cassé) ; non, je n'ai pas pensé à regarder la plaque ; oui, je passerai demain pour le dépôt de plainte. Elle (baissant la queue de cheval pour regarder) : Vous devriez faire soigner cela.

La suite : à nouveau seule, la salle de bain, chercher un pansement pour le pied, voir ton visage défait dans la glace, enfin pleurer, pleurer à gros bouillons, des larmes qui tombent sur la compresse que tu essaies de fixer avec du sparadrap.

La suite : tu ne te rendors pas.

33

C’est en rentrant de Sicile que vous aviez eu ce pépin : claquement soudain du moteur sur l’autoroute. Vous aviez rejoint la première station. Il y avait ce type en bleu de travail maculé de graisse, ne parlant pas le français (ni vous l’italien), faisant signe que non, vous ne pouviez pas repartir. Vous aviez appelé la boîte (l’engueulade : l’assurance du véhicule d’entreprise n’était valable que pour la France métropolitaine). Débrouille-toi, pour toute discussion. L’après-midi était déjà bien avancé. Le mécanicien avait passé deux trois coups de téléphone, griffonné le nom d’un garage dans une ville voisine, à côté de l’autoroute. De toute façon, coincé pour coincé, il fallait bien tenter quelque chose. La dépanneuse était arrivée deux heures plus tard et le trajet jusqu’à la petite ville vous avait paru interminable dans sa cabine. Il faisait presque nuit lorsqu’elle s’était arrêtée devant le garage qui donnait sur une place carrée. On vous avait indiqué un hôtel juste à côté. Vous aviez peu dormi à cause de l'horloge du dôme qui avait égrené chaque heure et chaque demi-heure. Vous étiez resté trois jours et deux nuits, le temps pour le garagiste de se procurer la pièce cassée du moteur, le temps de la remonter. Le garage était insolite : des véhicules contemporains cohabitaient avec d'antiques bolides, une calandre de Maserati était posée à même le sol devant une vieille Lancia qui attendait dans un coin sous la poussière. Vous passiez le matin. Les deux premiers jours, le garagiste vous avait offert un café, le troisième, histoire de fêter la pièce qu'il avait reçue et qu'il brandissait fièrement, il vous avait invité à le suivre dans un bistrot au fond d'une ruelle où vous aviez dégusté la meilleure glace à la pistache de toute votre vie. D'autres souvenirs encore, avoir arpenté les rues de lave de cette ville de péplum, avoir visité de fond en comble le dôme et son église baroque, un étrange musée consacré aux théâtres de marionnettes dont la confection avait été jusqu'au siècle dernier une spécialité de la ville. Bref, cette contrainte liée à la panne ne vous avait pas vraiment embarrassé. Qu'auriez-vous fait de différent, rentré à la maison ? Vous aviez la conviction que les événements vous portaient, que cela, finalement, vous arrangeait plutôt, pas besoin de réfléchir, s'en remettre au hasard, et sans doute que toute votre vie de labeur vous l'aviez construite ainsi, de rencontre en rencontre, de lieu en lieu, à jamais solitaire.

Et ces souvenirs (le routier de Sicile, cette halte forcée dans un coin d'Italie) vous poursuivaient souvent lors des heures de route, la conduite devenait un réflexe, votre esprit divaguait à sa guise, finalement partait en goguette comme votre épouse. Vous aviez le sentiment très fort dans ces moments que tout pourrait s'arrêter là d'un coup au bord de la route.

34

Forcément, tu es en retard à ton travail le lendemain. Il faut attendre la dépanneuse. Derrière toi, sans que tu saches d'où elle a surgi, la voisine à savates et blouse bleue : Ils font toujours comme ça, elle désigne le pare-brise défoncé, les chocs de la barre de fer sur la carrosserie, le verre partout. Le temps de te retourner pour demander qui « ils », elle a déjà disparu. Il faut passer au garage, récupérer le véhicule de courtoisie (une petite Fiat hors d'âge avec un bouchon de champagne fixé sur le levier de vitesses pour remplacer le pommeau) : courir, se dépêcher. Lorsque, enfin, tu entres dans ton bureau, la responsable des finances qui t'a entendue arriver passe sa tête et sa cohorte de colliers par l'entrebâillement de la porte : Il veut te voir et il n'a pas l'air commode, dit-elle, avec une moue expressive en désignant d'un revers de pouce le bureau de ton chef qui t'évite le plus possible depuis qu'il a appris ta future promotion. En effet, il t'accueille, la mine renfrognée, aussi joyeux que sa chemisette gris verdâtre. Tu te sens obligée de justifier ton retard, parles du véhicule de courtoisie (ce dernier mot incongru flotte un instant léger au moment où tu le dis, mais redescend en vrille, abattu par le regard noir de ton chef). Tu te tiendras étrangement distante du monologue vindicatif qui suivra (le terme « encaisser » convient). Tu ne répliqueras pas, tu écouteras, et même, à la réflexion, tu trouveras qu'il a raison. Ses arguments : on ne peut plus attendre, il faut virer l'ancêtre. En vain, tenteras-tu à ce moment de préciser qu'il réalise toujours le meilleur chiffre d'affaires, mais tu connais déjà la réponse : c'est un leurre, le chiffre d'affaires de l'équipe baisse (tu retiens ce chiffre : moins trente pour cent en deux ans) parce que les produits proposés ne correspondent plus aux besoins des clients. Il faut réorienter la vente sur les canapés (il désigne la banquette de cuir blanc d'un geste incisif) et pour cela donner un signe fort à l'équipe : se séparer du meilleur d'entre eux, provoquer un choc, les rendre intranquilles (il répète ce mot plusieurs fois, heureux de ce néologisme). Alors, qu'il sache vendre une télévision à un aveugle, l'ancêtre, personne n'en doute, mais ça ne sert à rien. À cette évocation, tu trouves la nuance exacte à laquelle te fait penser la couleur gris verdâtre de sa chemisette : un vieil écran de télévision éteint. Et va savoir pourquoi, tu revois le poste de ta mère, coiffé d'un napperon sur lequel reposait ce taureau d'Espagne en plastique que ton père avait acheté un jour heureux de vacances et comment, au lendemain de l'enterrement, il avait disparu lui aussi, avec le napperon, remplacé depuis par une pyramide de boîtes de médicaments. Aussi, je vous somme de m'apporter dès demain et avant midi le protocole de licenciement de l'ancêtre. Dernière phrase comme un ultimatum, et combien tu trouves étrange qu'on te somme pour soustraire en toi une part qui résiste encore.

35

Alors la route encore et toujours, semblable à un décor miniature : au bord, une station-service comme un cube de plastique, au loin un village de carton-pâte, un clocher peint en gris, des vaches et un âne échappés d'une crèche de Noël. Par association d'idées, vous repensez à cette boîte de Lego offerte à l'aîné de vos petits-enfants, un garage avec pompe à essence, dépanneuse et mécanicien à casquette. Vous aviez joué un peu avec lui, accroupi sur le tapis de la salle à manger, jusqu'à ce que votre fille, d'une voix lasse (elle traversait une sale période), vous dise que vous auriez pu pour une fois ne pas enfiler de cravate ni un de ces vieux costumes défraîchis. Et combien vous aviez alors réalisé n'être finalement qu'une petite marionnette de plastique stéréotypée comme ce mécanicien à casquette dans un monde que vous aviez vous-même disposé sur un tapis plus vaste au gré des clients et des rencontres, du commerce et des papiers peints.

Faire la route, donc, des mots expressifs, suivre son étoile, fabriquer le hasard, dérouler derrière soi un tapis de bitume, disposer une station, un village, des vaches ou un âne, rien devant soi qu'un vide de vitesse, un futur distendu, un avenir élastique, vous roulez, des cahots dans les reins, des pensées qui s'évadent, une attente imprécise, une fatigue tangible, deux fois la distance Terre-Lune, un million et demi de kilomètres depuis que vous prenez en main votre destin d'*homo faber,* comme dirait Hannah Arendt, faire la route donc, un visage à chaque virage, chaque étape comme une pochette-surprise, où avez-vous rangé votre vie pendant que vous faisiez la route ? Faire la route, faire l'amour, le repos du guerrier en fin de semaine, repartir, un visage à chaque virage, chaque étape comme une pochette-surprise. Bien sûr, vous avez eu des occasions, qui n'en aurait pas en quarante ans de route, mais pas de ces filles sur les parkings à camionneurs, dans ces fourgons discrets à l'orée d'un bois, tous ces chemins de solitude qui aimantent des corps fugitifs, des voluptés rapides, des transports d'exception. Vous vient le souvenir de cette femme dans un hôtel à étapes, peu de temps finalement, quelques fois, quelques mois, vous étiez jeunes, et seul demeure le bruit de la clé qui se balançait longtemps contre la porte refermée. L'hôtel a disparu, avalé il y a des années dans l'élargissement à quatre voies du trajet. Vous passez encore devant, il ne reste qu'une dalle de béton percée par des arbustes. Vous aimiez la chambre du deuxième étage. Les nuits d'été, vous ouvriez les volets, vous regardiez la ligne d'horizon des champs se perdre dans l'obscurité, elle se tenait derrière vous, vous entourait de ses bras (son parfum, le grain de sa peau). De temps à autre, on entendait surgir un camion tardif, vous suiviez le bruit qui commençait, d'abord lointain et uniforme, devenant plus aigu à l'approche de l'hôtel, puis culminant dans une cacophonie où on parvenait à distinguer les frottements des pneus, les claquements des pistons, les sifflements aérodynamiques. Puis le tumulte diminuait, redevenait lointain et uniforme, s'estompait lentement dans la nuit et dans les oreilles : à nouveau vous entendiez les insectes de chaleur, l'agitation molle du vent dans les arbres, le froufrou d'un animal dans les maïs, le hululement parfois d'une chouette ou d'un hibou. Son parfum, le grain de sa peau : souvenirs restés sur les carreaux de béton. Vous pourriez avoir rêvé, ce serait pareil.

Est-ce que tout pourrait s'arrêter là, d'un coup, au bord de la route ? Sans doute. Il y a d'abord la douleur. Celle qui vous fait tressaillir, vous arc-boute en avant, la poitrine contre le volant, la ceinture de sécurité qui oppresse, l'impossibilité de respirer, la bouche grande ouverte pour une goulée d'air, mais rien ne vient hormis la douleur. Alors, couper la route en travers (vous étiez en train de doubler), queue de poisson au camion que vous manquez d'accrocher, la bande d'arrêt d'urgence et les freins écrasés, les pneus qui hurlent, la sirène du camion, son souffle énorme et tout proche. Après rien, l'avenir élastique, le futur distendu ne vous appartient plus. Votre esprit déraille. Il déserte. Il reste peut-être comme une dernière pensée avant la douleur, ce trouble de parfum, la trace de vos doigts sur un grain de peau, vous ne saurez jamais, ça restera enfoui dans l'inconscient. Vous garderez les yeux clos, la bouche crispée sur le volant, vous ne répondrez même pas aux questions du routier qui s'est arrêté après votre embardée et qui vous demande si vous allez bien (en slovaque ou en polonais). Il y aura l'ambulance que vous ne verrez pas. Il y aura la dépanneuse qui viendra chercher le véhicule pour le remiser dans un obscur garage. Il y a la chambre où vous vous réveillerez, bardé de tuyaux.

36

Est-ce que tout pourrait s'arrêter là ? Tu es chez toi, repartie de bonne heure du bureau. À quoi bon rester ? Et peut-être parce que tu étais rentrée tôt, tu avais rencontré un voisin dans le hall, salué une mère sur le trottoir qui te regardait sortir de ton véhicule de courtoisie, écrit en gros sur une portière de la Fiat, mais tout en arabesque et volutes d'Ancien Régime, comme si le véhicule au demeurant déglingué ne devait servir qu'à transporter des duchesses en vertu d'une distinction hors d'âge, d'une affabilité obsolète, et c'est d'ailleurs avec une amabilité un peu précieuse que la mère t'avait répondu avant de s'engager vers un immeuble voisin avec son petit garçon. Ainsi, il y avait une vie ici, une continuité discrète qui te perturbait alors que tout pourrait s'arrêter là, question qui n'avait cessé de te tourmenter depuis l'ultimatum fixé par ton chef. Lorsque tu répondais par l'affirmative (oui, tout peut s'arrêter), ton esprit s'apaisait un instant : c'était faire acte de résistance contre cette décision de virer l'ancêtre, tu devenais l'héroïne refusant l'arbitraire, Diane chasseresse décochant une flèche en plein cœur d'une des chemisettes insipides de ton chef. Mais la seconde d'après tu réalisais tout ce que tu allais perdre, cette place de directrice des ventes, un avenir mérité à force d'implication dans ton travail. Jamais tu n'avais compté tes heures et ce futur confortable qui se profilait n'était que justice. Alors Diane chasseresse changeait son arc et son carquois d'épaule, déposait sans rien dire le protocole de licenciement de l'ancêtre sur le bureau du chef (surtout ne pas croiser son regard à ce moment précis), juste un geste à faire et, de toute façon, dans un mois ou deux, tu rejoindrais le siège à Paris pour un avenir encore meilleur, pouvoir t'acheter des fringues sans te priver, une voiture neuve, un nouvel appart, tout ce qui coûtait bonbon et, l'instant d'après, tu te haïssais d'avoir utilisé l'expression honnie de ta mère. Toute la journée, tu avais ainsi vacillé.

Tu appelles ta sœur et tu racontes à nouveau l'acte de violence de la veille. Finalement, ce n'était peut-être pas une bonne solution d'acheter un appartement là, ça craint : on se fait courser par des chiens, on démolit ta voiture et les boîtes aux lettres, bientôt il y aura une prison.

Ça craint : ta sœur dit ce que tu n'as pas le courage encore de formuler. Tu es la première de ta famille à devenir propriétaire, c'était une revanche que tu devais à ton père. Lorsqu'il pouvait encore se promener un peu, tu l'accompagnais et c'était toujours ce vieux rêve qu'il formait : tu auras d'abord un appartement, puis une maison rien qu'à toi, elle sera grande, entourée d'arbres, tu seras toi-même entourée d'enfants. Il souriait devant le chemin vide qu'il parcourait à petits pas, voûté, vieilli avant l'âge, et toi, tu lui serrais le bras un peu plus fort devant tout cet avenir qu'il ne verrait jamais.

Le lendemain, jour de l'ultimatum, la nuit a tenu ses promesses d'heures longues : se retourner, s'agiter dans des draps froissés, changer mille fois d'avis, voir toujours les mêmes visages en boucle, le type te saluant goguenard après avoir défoncé ta voiture, ta mère devant la télé avec la tonne de médicaments dessus, ta sœur et son rire si réconfortant, ton père marchant à petits pas à côté de toi, ton chef, ses poils sur les bras, ses chemisettes terreuses, le grand patron te saisissant par la taille : nous allons faire de grandes choses ! Mais tu as pris ta décision, celle où la logique te poussait : sacrifier l'ancêtre. En finir avec ce travail, oublier ton chef et rejoindre au plus vite la place de directrice. Il te faudra quitter ton appartement, le mettre en vente, t'installer à Paris et pourquoi pas trouver aux alentours une maison avec de grands arbres, un mari dans la Ville lumière, des enfants à venir, tous les rêves de ton père te tiennent, t'empêchent de trop penser à l'ancêtre. C'est une situation étrange, d'autant plus que le vieux vendeur t'a souvent fait penser à ton père justement, sa nonchalance, cette réserve, cette tristesse parfois dans le regard. Le sacrifier oui, mais peut-être pourras-tu plaider en sa faveur, obtenir de meilleures indemnités. Tu penses à tout cela au moment où tu pousses la porte du bureau de ton chef (aujourd'hui, chemisette couleur de nuages par temps presque beau). Tu as déjà la main dans ta mallette, entre tes doigts le protocole de licenciement prêt à être sorti et qu'on en finisse. Le chef raccroche son combiné au même instant, l'air désappointé, contrarié, chagrin presque : L'ancêtre a eu un infarctus sur l'autoroute hier soir, il est à l'hôpital, on ne sait pas s'il va s'en sortir.

37

Voici la mort avec sa gueule de raie, disait Paul Guimard. La mort vous a tourné autour, poisson venu des profondeurs, en avez-vous eu conscience dans les premiers évanouissements, les comas médicamenteux ? Quelques images surgissent, vous réveillent, vous endorment, vous ne savez plus trop. La douleur bien sûr, massive, intolérable, une poutre lancée à pleine vitesse dans votre poitrine, étroitement associée à la sirène du camion qui hurle encore dans vos oreilles lorsque vous lui coupez la route dans un crissement de freins. La sensation étrange de vous liquéfier, de partir en eau, la sueur glacée qui ruisselait sur votre front, tombait en gouttes lourdes sur le volant, trempait instantanément votre chemise. Vous essayez de relier ces visions à celles qui semblent les suivre, la gêne d'un tuyau dans le nez, la soif qui déraisonne, le regard d'une infirmière, d'un médecin, les mots qui vous parviennent sans que vous puissiez les comprendre, la fatigue énorme, un harassement sans nom, quelque chose qui vous laisse hébété, yeux ouverts sans voir, encore moins reconnaître les visages des proches qui viennent vous visiter (votre fils, votre fille, votre ex-femme, vous l'apprendrez plus tard). Les premiers mots que vous retiendrez à force qu'on vous les répète, c'est « vous revenez de loin ». D'abord le chirurgien vous les dira, assortis d'explications médicales, l'arrêt cardiaque, le massage des pompiers, la défibrillation, l'oxygène, l'arrêt cardiaque à nouveau. Au milieu de la nuit, on vous croit perdu : on appelle votre famille. Et, contre toute attente, votre cœur pourtant bien éprouvé semble résister, chaque pulsation lente envoie à nouveau du sang, continue à irriguer la rizière patiente de votre corps. Miracle de la médecine et de la vie réunies, clame-t-il. Vous revenez de loin, tout le monde finira par vous le dire, jusqu'à cet aumônier d'hôpital qui vous demande si vous avez vu la lumière de Dieu au plus profond de votre épreuve. Vous secouerez la tête en guise de négation (vous ne pouvez répondre, vous êtes encore intubé) parce que vous ne vous souvenez vraiment de rien, cette épreuve, comme il dit, ne vous laissera plus tard que le sentiment d'avoir été brusquement interrompu, ne percevant aucune lumière, ni aucun trou noir, juste une inconscience brutale, une absence définitive, une rupture soudaine de soi que vous estimerez mille fois plus profonde qu'un somme. Vous revenez de loin, et à chaque fois vous aurez envie de répondre : deux fois la distance Terre-Lune, un million et demi de kilomètres en quarante ans, c'est la seule mesure qui vous semble vouloir représenter quelque chose.

Avec le temps (quelques heures, jours, semaines ? vous ne le saurez jamais vraiment), la conscience reviendra, l'apparence d'un visage, une parole saisie au hasard, une odeur familière, tout cela se comblera rapidement à la manière d'un puzzle dont il subsistera une zone d'ombre, une noirceur profonde, insondable, qui ne cessera de vous intriguer. Mais tout entier sollicité par les pièces qu'on vous tend, visages, paroles, odeurs, vous éprouverez un plaisir infini à les assembler, à renouer avec le langage et sa mémoire : les prénoms de vos enfants, de vos petits-enfants, la jouissance extrême qu'il y a à dire « J'aimerais une banane en dessert » à l'aide-soignante qui vous apporte les repas. En nommant la mort et sa gueule de raie, vous vous sentirez à nouveau vivant. Vous verrez arriver votre femme (pardon, ex-femme, corrigerez-vous vous-même) et d'emblée l'expression « partir en goguette » vous reviendra étrangement, parée d'une vigueur nouvelle, sans la bile qui vous montait aux lèvres lorsque vous y pensiez. Elle vous séduira comme une bonne blague, une aventure amusante. Venue un peu inquiète, votre ex-femme vous trouvera ainsi en forme, bien plus rigolo qu'avant, laissera-t-elle échapper avec un brin de mélancolie. Bref, c'est maintenant indéniable, vous en avez réchappé, vous revenez de loin, mais combien de route cela ajoute-t-il à tout ce que vous avez déjà accompli depuis quarante ans ?

38

Tu ne peux rendre visite à l'ancêtre que dix jours plus tard. Tu téléphones parfois à l'hôpital, tu tombes sur une infirmière qui te répond d'un ton laconique que son état est stationnaire. Tu as beaucoup de travail, cela tombe mal. Il te faut partir deux jours à Toulouse pour tenter de récupérer un stock de marchandises chez un revendeur en liquidation. Tu repars harassée de ces tracasseries administratives et tu enchaînes par une réunion importante au siège parisien où on te présente comme la future directrice. Tu penses au même moment qu'il te faudra mettre ton appartement en vente. Tu n'as même pas eu le temps d'en parler à ta sœur, quant à ta mère, ce sera le plus tard possible. Tu reviens. L'ambiance est morose. Les chiffres des vendeurs ne sont pas bons. Tu t'emportes contre un commercial, et la responsable financière qui passe dans le couloir au même moment vient le rapporter à ton chef : Elle s'y croit déjà, dit-elle en secouant ses colliers. Chemisette parme hoche la tête. La secrétaire te passe un client impatient : Le commis voyageur devait venir la semaine dernière et je n'ai vu personne. J'habite dans les Ardennes et je suis à court d'approvisionnement. Tu comprends que le commis en question est l'ancêtre. Tu promets d'envoyer quelqu'un. Le soir, tu rends le véhicule de courtoisie et tu récupères le tien. Deux nouvelles boîtes aux lettres sont fracturées dans l'entrée. Il te reste trois pommes dans ton frigo et c'est trop tard pour le supermarché. Le lendemain, aucun vendeur n'est disponible pour rencontrer le client impatient. Ton chef hausse les épaules : T'as qu'à y aller. De toute façon, il faudra récupérer le véhicule de l'ancêtre au passage. Tu réserves un billet de train pour l'après-midi, mais la destination est mal desservie. Il te faudra prendre un taxi à l'arrivée pour te rendre jusqu'au garage qui héberge le véhicule. Le garagiste n'est pas conciliant : Ma petite dame, je ferme à dix-huit heures. Tu choisis le train précédent et tu te retrouves à midi sur le quai à croquer la dernière pomme que tu as apportée ce matin en te demandant où tu pourras dormir ce soir. Tu n'as même pas une brosse à dents. Tu finis par joindre la secrétaire et tu dois insister pour qu'elle te cherche un hôtel. Tu rappelles le client et tu lui promets de passer le lendemain. À l'arrivée, tous les taxis sont pris, tu finis par convaincre une navette d'aéroport désœuvrée de te conduire au garage. Petites routes sinueuses, le véhicule se traîne. C'est joli, n'est-ce pas ? dit le conducteur en désignant des champs immenses écrasés par un ciel bas, comme si la région ignorait l'été. Des bosquets épars et des tas de betteraves égayent le paysage. Tu arrives juste au moment où le rideau de fer descend. Tu tambourines. Tu peux récupérer le véhicule moyennant des frais de gardiennage prohibitifs. Tu finis par monter dans le break de l'ancêtre et tu manques de vomir à cause de l'odeur de tabac froid. Tu demandes l'itinéraire pour se rendre à Charleville. Le garagiste t'indique une vague direction (par là, ma petite dame). Tu roules fenêtres ouvertes pour chasser l'odeur. La route devient vallonnée, agréable, avant de rejoindre un axe plus important où des camions te font avancer au pas entre deux ronds-points. L'hôtel est au centre-ville, pas très loin de la gare. Le crépuscule s'étire lorsque tu y parviens. Désolé, on ne sert plus à manger après vingt et une heures. Tu retournes dans ta chambre. Le parquet grince, une glace entourée d'un cadre en plâtre écaillé te renvoie tes cernes. Tu laves ta culotte dans le lavabo. Un carillon proche te réveillera à chaque heure. Tu ne cesses de te retourner en pensant à l'ancêtre : comment a-t-il fait pour supporter une telle vie jusqu'ici.

Ce n'est que le lendemain matin que tu penses à Rimbaud.

39

Arrive votre ex-femme, l'extravagance d'être partie en goguette, de revenir de guingois. Tu viens voir si j'expire ? dites-vous dans la chambre exotique, palmier portes-tubes, parasol des scopes médicaux sous le soleil artificiel d'un scialytique. Elle répond à peine, sourit un peu. Tu nous as fait peur. À qui s'adresse ce nous ? Enfants en commun, petits-enfants qu'on aura connus séparément ? C'est une situation étrange, un déplacement inattendu pour vous qui l'avez toujours vue dans l'environnement familier de fin de semaine, la belle maison, la cuisine équipée, le salon, les canapés changés souvent, les papiers peints aussi (ça ne vous coûtait pas cher), le continuum des années de mariage, tout ce qui avait filé et rien ne vous avait retenu. Revenir en fin de semaine donc, cinquante-deux fois par an moins les vacances, un univers familier, votre femme, ses yeux clairs, sa voix vive les jours de bonheur, les deux rides qui lui barraient le front les jours de soucis, la peau devenue à peine moins ferme au fil des années, un peu au niveau du menton, et la première fois que vous vous en étiez aperçu, c'était le jour de goguette, comme elle avait dit. Vous aviez pris conscience des années passées, des enfants partis depuis longtemps, il fallait faire un effort pour les revoir bambins, puis adolescents, dans l'incroyable fuite du temps, l'ahurissante fiction d'une vie qui, sans doute, avait coulé à votre insu. Il avait fallu reprendre les albums photo, regarder votre fille sur un tracteur en plastique devant la table en formica, scruter votre fils qui souriait avec ses dents de lait manquantes devant le papier peint de la salle à manger. Comment aviez-vous pu laisser glisser le décorum, l'usage, la coutume, l'étiquette, l'apparat, les pompes d'une existence de circonstance. Vous reveniez en fin de semaine, assis sur le canapé, elle apportait les catalogues de mobilier récupérés dans les magasins, les promotions tapageuses de la boîte aux lettres, quelques mensuels de papier glacé achetés chez le marchand de journaux. Vous feuilletiez ensemble des intérieurs subtilement agencés, rien ne traînait dans des pièces grandioses, vous trouviez ça sans âme, comme un dispositif cérébral, une performance d'artiste, vous gardiez vos remarques pour vous. Elle disait, en montrant des catalogues : Tu vois, j'aimerais une lampe comme celle-ci, nous la mettrions là. Elle désignait un endroit. Vous étiez toujours d'accord, c'était le prix à payer pour vos absences en semaine, la grande maison, la déco, parfois quelques voisins invités ou de la famille, et que, finalement, cette réussite soit flagrante, cette prospérité de qui avait su mener sa barque, la grosse voiture de fonction de monsieur dans la cour et la Mini-Cooper de madame dans le garage. Toute cette succession d'agencements, cette accumulation de bibelots à la mode qu'il avait fallu virer du grenier au moment du divorce, des poufs marocains, des fauteuils en billes de polystyrène, une table rustique en chêne massif qui pesait le poids d'une camionnette, la lampe (comme celle-ci) dont l'abat-jour, un énorme globe en verre orangé, s'était cassé lors d'un énième réaménagement. À la fin, il y avait dans la maison un canapé en cuir écru et un papier peint imitation plâtre taloché de couleur bleu pastel, celui devant lequel elle avait déclaré vouloir partir en goguette et vous la retrouviez ici, gauche, sans joie, n'osant s'asseoir dans un décor qu'elle n'avait pas choisi, du blanc d'hôpital. Il aurait fallu peut-être, pour renouer le contact, un de ces catalogues, regarder ensemble un bouquet de fleurs des champs subtilement agencé devant un fauteuil en rotin, mais ça semblait trop tard. Vous lui aviez demandé où elle vivait. Elle avait esquivé, avec ce geste vague pour balayer la réponse dans l'air aseptisé de la chambre. Oh, tu sais, j'ai un petit truc en ville, je me suis toujours contentée de pas grand-chose.

40

Pour trouver Rimbaud, il avait fallu revenir en ville. Le matin même, après avoir payé l'hôtel, tu étais partie en direction de la zone commerciale où tu devais rencontrer le client impatient auquel tu avais promis de passer. L'homme était jovial, sanguin de figure, les cheveux drus. Il portait une chemisette blanche et une cravate de chef de rayon, qui serrait son cou massif. Tu avais pensé en le voyant aux panneaux qui représentent un sanglier et que l'on trouve un peu partout en arrivant dans les Ardennes. Échine basse, il t'avait fait signe de le suivre avec un air de conspirateur, t'avait montré dans le rayon des papiers peints tout un assemblage de revêtements muraux en paille de Chine, t'avait déroulé un échantillon en te faisant l'article : les brins utilisés sont de première qualité et noués à la main. Vous imaginez le travail ? Tenez, tâtez le papier (vous aviez tâté).

Incroyable, non ? C'est à la fois souple et solide. Seul inconvénient, les teintures présentent des différences, c'est infime mais on ne peut prendre ce risque, nos clients ne comprendraient pas. C'est pour cela que votre collègue passe ici tous les deux mois. Nous regardons les couleurs qui restent et nous réassortissons le stock de chaque bain de teinture. Voyez, ils sont indiqués là. Il te montre sur l'envers du papier une suite de mentions et de chiffres. Votre collègue me laisse un bon de commande, je note les références manquantes et je le lui remets à chaque visite. Il te tend le formulaire. Tu as les bras encombrés des catalogues que tu as saisis dans le coffre de la voiture de l'ancêtre. Tu pensais devoir faire l'article, et le bon de commande est déjà prêt. Suis-je bête, dit-il. Il te désigne un coin de comptoir où tu peux poser tes affaires. Tu regardes maintenant le bon de commande. Il y en a pour une sacrée somme. Et c'est comme cela tous les deux mois ? Toi, désignant les catalogues : Vous voulez voir autre chose ? Il fait non de la tête. Aujourd'hui, c'est pour les revêtements à paille de Chine, pour les papiers peints, votre collègue a l'habitude de revenir. Il ne faut pas tout mélanger, dit-il en levant un doigt docte. Et tu comprends qu'il imite l'ancêtre. Tu ne lui dis pas que ce dernier a eu un grave pépin de santé. Le chef de rayon te remercie encore de t'être déplacée et te raccompagne jusqu'aux portes du magasin. Tu ne peux t'empêcher de rire toute seule en traversant le parking : le coup de réassortir chaque bain de teinture décuple les commandes, l'ancêtre est quand même un sacré commerçant ! Tu espères qu'il va mieux, tu as prévu d'aller lui rendre visite à l'hôpital, mais tu ne veux pas arriver les mains vides. La zone commerciale ne proposant que des lustres, des magasins de décoration et de mobilier, tu retournes vers le centre-ville.

Et c'est ainsi que tu rencontres Rimbaud. Quatre fois. La première fois, tu as oublié jusqu'à son existence, tu t'es garée au hasard et tu marches en direction des commerces. Tu cherches une idée, quelque chose pour l'ancêtre. Tu te vois arriver dans une chambre blanche, un ballotin de chocolats à la main. Tu descends une rue en pente bordée par un mur de pierres sali par les pluies. Au milieu, sur un vieux panneau en bois, des lambeaux d'affiches électorales. Et sur l'une d'elles, tu reconnais la célèbre photographie du poète, devant laquelle pose un candidat politique, allure débonnaire et décidée qui contraste avec l'air gauche et renfrogné d'Arthur. Le slogan sonne comme un alexandrin : « Rendons à notre ville son passé glorieux ». La deuxième fois, tu passes devant une pancarte « Résidence Rimbaud, propriété privée – défense d'entrer ». La troisième fois, tu pénètres dans une librairie à son nom. Pas par hasard, bien sûr, tu as fini par comprendre que tu te trouvais dans la ville natale du poète, tu t'es souvenue du volume de sa *Correspondance* aperçu dans le véhicule de l'ancêtre. Tu penses ainsi à lui offrir un livre. Les libraires te laissent chercher, ils sont deux autour d'une dame qui porte un cabas, se plaint de l'été pourri, cherche paradoxalement quelque chose de rafraîchissant, d'optimiste. Une belle histoire parce que en ce moment, hein, on n'est pas à la fête ! Elle secoue sa main libre par-dessus le cabas. Tu choisis un recueil de photographies du Harar et d'Aden, inspirées par le poète. La quatrième fois, tu refais le trajet en sens inverse pour rejoindre la voiture, à nouveau « Résidence Rimbaud, propriété privée – défense d'entrer », à nouveau les vieilles affiches électorales qui se devinent au loin, au moment où tu aperçois l'étrange porche tarabiscoté du cimetière. Te reviennent en mémoire les pèlerinages obligés de l'ancêtre sur sa tombe, « des fois qu'il y aurait à refourguer du papier peint aux macchabées ». La tombe est facile à trouver : te voilà devant *Arthur Rimbaud, 37 ans, 10 novembre 1891, priez pour lui*. Stèle dressée, marbre blanc. Derrière, des immeubles carrés, pareillement laiteux, égratignent un ciel bas. À côté, gravé sur une même pierre pâle aux veines diaphanes : *Vitalie Rimbaud, 17 ans,*

18 décembre 1875, priez pour elle. Les nuages avancent, leur masse compacte s'accroche aux antennes, glisse sur l'alignement monotone des étages, se reflète le long des vitres étroites. L'averse menace. Été pourri. En ce moment, hein, on n'est pas à la fête ! Vision d'une main secouée au-dessus d'un cabas. Quelques gouttes épaisses étoilent la pierre tombale. *Ici repose aussi Mme Rimbaud, née Vitalie Cuif, décédée le 1er août 1907, dans sa 82e année, priez pour elle.* Tu penses à l'ancêtre, que venait-il chercher ici, dans la banalité d'un caveau familial ? L'ombre d'un poète, Icare retombé sur terre, ou celle plus simple d'un voyageur de commerce comme lui, égaré le long de paysages ? Tu revois les chemins de poussière des vieux clichés du Harar ou d'Aden que tu as feuilletés dans la librairie. Tu penses à la monotonie des trajets d'autoroute : le même vide, que ce soit en Afrique ou en Europe cent cinquante ans plus tard, le décor reste immuable et renvoie à notre infime existence. Arthur Rimbaud, mort à trente-sept ans, priez pour lui. Est-ce qu'on y pense parfois en face, dans les immeubles, quand on vient s'accouder aux fenêtres étriquées, quittant pour un instant le canapé, le poste de télévision, le temps d'une publicité ou d'une cigarette ? Est-ce qu'on cherche à distinguer dans l'alignement du cimetière la tombe du poète ? Est-ce qu'elle brille autrement les soirs d'orage ou de pleine lune ? Est-ce que tout ceci a un sens, vie, mort, mots, alexandrins, slogans de pub, articles de commerce ? Tu repars chamboulée.

41

Vous racontez : c'est un peu la chance qui vous a placé ici, il a fallu cette douleur, cet arrêt brutal au milieu de l'autoroute et tout ce qui vous a échappé dans l'inconscience. L'ambulance, l'oxygène, les injections, les regards tendus des médecins. Vous étiez vraiment mal, perdu entre deux mondes. Vous vous êtes retrouvé dans cet hôpital par hasard, c'est une chance, oui, il est bien équipé, on y est bien soigné, les infirmières, tout le monde est très gentil.

Tu te tiens devant le lit, l'air timide comme ceux que l'hôpital impressionne. Les tuyaux, les potences, les goutte-à-goutte, les flacons, les draps blancs, tout cela t'est revenu d'un coup en mémoire en franchissant le seuil, tu l'avais oublié, tu ne voulais plus y penser, le père et sa tête décharnée sur un oreiller, son dernier sourire, la faible pression de sa main.

On y est bien soigné, les infirmières, tout le monde est très gentil. Vous ne vous sentez pas bien ? Vous voulez vous asseoir ? Elle a l'air bouleversée, la petite sportive (C'est la chaleur, ça va passer). Tu parles ! Je les connais dans la boîte, ils l'ont vue arriver avec sa jeunesse et sa bonne santé. Ils doivent la presser comme un citron, surtout depuis que l'entreprise a été vendue, et ce n'est sans doute pas le matamore qui a remplacé Toine qui la soutient. Il doit insister pour qu'elle me foute à la porte.

C'est la chaleur, ça va passer. Le papier à entête de la librairie est déplié sur le lit, l'album de photographies est posé sur la table de chevet, à côté de la carafe d'eau. *Sur les traces de Rimbaud* est écrit en blanc devant une vue d'Aden au siècle dernier. Il avait l'air content de ce cadeau, j'ai bien choisi. C'est drôle comme il ressemble à mon père sans son costume. On ne l'a jamais vu sans cravate. Dans une chemise d'hôpital à petites fleurs violettes, avec ses mains blanches posées bien à plat sur les draps, on a l'impression qu'il s'enfonce dans le décor d'un de ses papiers peints.

C'est gentil pour le cadeau. Vous savez que Rimbaud est ma passion. Avec le vin de Bourgogne, dites-vous dans un clin d'œil. Mais je n'en ai jamais abusé, j'aime juste déguster les différents crus. Finalement, ce n'est pas si différent que de comparer deux papiers peints. Cette dernière phrase vous laisse songeur, ou peut-être la fatigue. Vous êtes encore fragile et on n'imagine pas l'effort qu'il faut faire pour aligner quelques phrases avec un tuyau dans le nez, la bouche desséchée par l'oxygène, les bras inertes percés de perfusions.

Tu enchaînes avec le client que tu es allée voir à Charleville. À cette évocation, le visage de l'ancêtre s'anime, des noms circulent, quel grossiste a remplacé Untel, quel magasin est venu en supplanter un autre, et tu comprends tout ce que représente ce travail pour lui. Tu repenses au protocole de licenciement qui est toujours dans ton sac et que tu n'as pas remis. À quoi bon maintenant ?

42

Les mots sont revenus avant même la conscience. Vous repensez souvent à ce moment. Vous erriez dans l'entre-deux-mondes. Vous entendiez des conversations autour de vous sans les comprendre. Vous sentiez des gestes sur votre corps. Vous étiez dans l'incapacité de voir. Vous ne pensiez même pas que vous aviez eu un jour l'usage de la parole. Et les mots sont revenus dans votre cerveau, d'un coup. Des torrents de verbes, de noms, d'adjectifs mêlés, que vous ne pouviez endiguer. Ils traversaient votre esprit d'une façon désordonnée, en vrac, par paquets. Vous saisissiez le sens d'un ou deux au hasard et déjà ils étaient remplacés par dix, cent ou mille. Dans ce rêve étrange, la figure de votre père vous est revenue, sa manière de parler, comme si toute la perfection de la langue française devait passer par lui, petit instituteur échoué en Algérie. Ses phrases sentencieuses se déversaient pareillement sans que rien ne les retienne. Sa voix disparaissait, il vous semblait qu'un mot de vous, un seul, eût pu les retenir, mais vous étiez dans l'incapacité de prononcer ne serait-ce qu'une syllabe. Votre père, qui est mort soudainement six mois après votre retour en France, agonisait une nouvelle fois, étouffait sous sa langue ravalée. Vous revient l'expression d'un vieil homme, ami de votre père, qui était témoin lorsqu'il s'était écroulé brutalement dans un café où il avait pris ses habitudes : terrassé en terrasse. Maigre jeu de mots, la mort ne respecte rien et surtout pas le langage. Plus tard, lorsque le sens des mots et la mémoire vous sont revenus, vous avez nommé la mort et sa gueule de raie : passage du Styx, accueil d'Hadès. Il aurait aimé.

Maintenant vous vivez puisque vous avez retrouvé le langage. Vous parlez, vous bougez, vous avez des visites. Si tout va bien, d'ici une semaine, vous quitterez le service des soins intensifs. Vous regardez l'album de photographies du Harar et d'Aden. Vous pensez à Rimbaud aussi, à votre destin similaire de voyageurs de commerce, vous, dans un hôpital à cent kilomètres de sa ville natale, lui, pareillement perdu à Marseille, il y a cent vingt ans, dans ses derniers instants, ses derniers mots prononcés : *le premier chien dans la rue vous dira cela*. À vous deux, l'attrait des voyages, du commerce, qui repousse les horizons. À vous deux, ce qui a causé votre perte, un monde observé par effraction, diffraction, quelque chose d'inclassable, qui n'entre dans nulle considération, juste aligner des paysages et des phrases, des panoramas et des propos, des décors et des discours à la manière des toiles peintes au début de la photographie, où l'on venait poser devant une montagne romantique, un chemin idyllique, une balustrade de carton, ou s'encadrer comme passager d'un aéroplane, s'improviser clown ou danseuse en dictons convenus, en aphorismes muets, en harangues évidentes. Nos métiers interchangeables, quelle différence entre un poète, un commerçant ? Rimbaud et vous ?

43

Tu es chez toi lorsque ton portable sonne. D'emblée, tu reconnais sa voix, sa gaîté, sa manière de terminer chaque phrase sur une intonation joyeuse. Son visage te revient instantanément en mémoire, son pas décidé sur les sentiers escarpés du Cap-Vert. Elle rit. Elle est heureuse d'avoir pris l'initiative de te rappeler en premier. Devine d'où je t'appelle ? Elle ne te laisse pas le temps de chercher. Je suis à dix kilomètres. Bien sûr, tu l'invites à diner. Ton frigo est vide. Il te reste une bouteille de porto et quelques gâteaux d'apéritif. Tu ranges en vitesse ce qui traîne dans l'appartement. Tu es heureuse, tu te souviens de votre visite au marché aux poissons de Mindelo, des rues de Praia arpentées dans la chaleur. Combien cette détente te paraît loin, déjà, et, en regard, la nouvelle vie qui se profile est aux antipodes de cette légèreté. Depuis que tu es revenue de ta visite à l'hôpital, l'ambiance au travail ne s'est pas améliorée. Ton chef tonitruant, qui passait si souvent la tête dans ton bureau, est cloîtré dans le sien, la responsable des finances tient ses colliers d'une main pour empêcher qu'ils ne tintent lorsqu'elle va à la photocopieuse en catimini, évitant de te croiser. Tu trouves cette attitude idiote, injustifiée, et ta porte reste obstinément ouverte à la face du monde sur le papier peint du couloir. Pourtant, tu as fait tout ce qu'on te demandait. Le véhicule de l'ancêtre a été ramené et il n'a pas bougé depuis que tu l'as garé sur le parking. Tu continues à suivre le chiffre d'affaires, tu connais maintenant par cœur toutes les références des produits. On te sollicite de plus en plus : des fournisseurs, des vendeurs t'appellent, et ton téléphone sonne jusque tard le soir. Tu règles des détails avec rapidité et efficacité : un stock en rade dans un entrepôt, une erreur de livraison, l'élaboration d'un contrat de vente, la recherche de nouveaux prospects. Tu appelles la secrétaire par son prénom sans te lever de ton bureau. Tu as besoin d'elle pour rédiger une lettre, rechercher un bon d'achat, dresser une liste des clients qui n'ont rien commandé depuis plus de six mois. Chaque coup de téléphone, chaque sollicitation entraîne des dizaines d'actions, des choses à ne pas oublier, toutes plus importantes les unes que les autres. Et la secrétaire met de plus en plus de temps à te répondre. Tu l'entends soupirer dans la pièce à côté. Elle vient avec une nonchalance affectée te remettre une lettre pleine de fautes à signer, t'annoncer avec candeur que le bon d'achat recherché a été égaré ou que la liste que tu as demandée est impossible à élaborer. Aujourd'hui, elle t'a assené avec froideur qu'elle allait travailler toute la journée dans le bureau de la responsable financière. Plusieurs fois tu les as entendues rire à travers la porte fermée.

Alors oui, que l'amie du Cap-Vert vienne, qu'elle arrive, que vous puissiez vous souvenir des jours de vacances et oublier ce marasme.

44

Lorsque votre fils est venu, vous avez su qu'il était temps de tourner la page. Il est passé vous voir au retour d'une réunion importante à Metz. Il avait insisté : *very* importante, comme si l'adjectif anglais constituait un sésame à son ambition qui ne souffrait plus de frontière. Il était tiré à quatre épingles dans un costume neuf. Je l'ai choisi gris perle, avait-il précisé lorsque vous l'aviez félicité sur sa tenue. C'est plus distingué en été. Petit coq qui se rengorgeait, aviez-vous pensé, et vous l'aviez revu, même expression de morgue et d'orgueil, un jour où vous l'aviez disputé pour ses mauvais résultats scolaires. Il avait trépigné : J'y arriverai, j'y arriverai, je les écraserai tous un jour. En attendant, assis sur une chaise d'hôpital, faisant attention aux plis de son pantalon, il vous racontait comment son patron (le *boss*) avait heurté un faisan sur une route de Lorraine. Il y avait des plumes plein la calandre de la BMW. Et d'enchaîner qu'il lui faisait de plus en plus confiance (le *boss*). À mon avis, ce n'est pas innocent, ma participation à cette réunion (*very*) importante. J'ai compris qu'on m'attendait pour prendre la responsabilité de l'équipe de l'Est. Nous nous installerons à Nancy avec Clara. Elle le sait ? aviez-vous demandé. Pas encore. De toute façon, elle suivra : elle ne travaille pas. Un instant, vous aviez imaginé Clara, votre belle-fille si discrète, lui annoncer : Je pars en goguette. Vous aviez été étonné de votre méchanceté, de votre acrimonie envers votre fils, le seul, l'unique. Alors que la plupart des pères se seraient réjouis devant le succès professionnel d'une progéniture mâle, vous pensiez à votre belle-fille, avec laquelle vous aviez pourtant peu d'affinités.

Pendant toute cette visite, à aucun moment, votre fils ne s'était préoccupé de votre rétablissement. Trop obnubilé par sa carrière, aveuglé par l'ambition, décalé du réel. Vous aussi, la route vous avait désuni d'une certaine réalité. Les paysages filants s'accordent très bien à la virtualité des pensées. En voiture, on erre dans un no man's land imaginaire qui finit par se substituer aux gestes, à la sensation même du corps. Quand on reprend pied sur le sol en ouvrant la portière, l'inaction a faussé la perception, les raisonnements. Les certitudes qui se sont tissées au fil des kilomètres n'existent que dans votre tête. Nous nous installerons à Nancy avec Clara : comment le fils peut-il en être sûr ? Comment, de la même manière, les décors qui s'étaient succédé dans votre maison avaient-ils pu vous faire croire à la pérennité d'une vie ? Et, paradoxalement, en vous rendant la liberté, votre femme vous avait condamné à une errance plus forte encore, les hôtels, la route, les étapes, une sorte d'entre-deux permanent qui tentait de vous faire croire au provisoire d'une telle vie, la barre chocolatée à grignoter dans une station-service, le décor passe-partout des chambres, une prison dans laquelle vous vous étiez vous-même enfermé à perpétuité. Il avait fallu cet accident, l'hôpital, et sorti des soins intensifs, vous étiez redevenu libre de vos mouvements, maintenant installé dans un service de médecine. Le plus dur était passé, la vie reprenait son cours. Souvent, l'après-midi, vous allez jusqu'à l'entrée, là où les fumeurs s'agglutinent. Et c'est à cet endroit que vous vous êtes aperçu que la cigarette ne vous manquait pas. Avec une facilité déconcertante, vous faites maintenant une croix sur quarante années de tabagisme. Dans cette chambre claire, baignée par le soleil revenu, vous réalisez que toutes ces habitudes n'avaient existé que dans un rituel de commis voyageur, transactions fumeuses contre bons de commande bien réels, un client de perdu, dix cigarettes de retrouvées, le goudron de la route en osmose avec celui de vos poumons. La parenthèse d'un mois d'hôpital avait suffi pour que tout se délite, pour que la route s'évapore. Les haltes, les stations-service, la vie d'hôtel, les centres commerciaux, tout vous paraît maintenant si lointain. Est-il possible que vous vous soyez trompé ? Où vous ont mené tous les volants saisis sans hésitation, tous les moteurs de plus en plus puissants ? Tout ce que vous avez pris à bras-le-corps, comme la vie même, n'a jamais dépassé l'angle d'un pare-brise, le bout d'un capot. Vous reviennent en mémoire ces arrêts intempestifs, la manière dont il fallait que vous touchiez le gravier de la route, la terre et l'herbe des bas-côtés pour savoir que votre existence n'était pas qu'un rêve fuyant à cent kilomètres à l'heure.

Votre fils répète : Je vais m'en aller, papa, tu es sûr que ça va ? Vous vous forcez à sourire devant le costume gris perle. Oui, bien sûr, ça va mieux, je suis sorti d'affaire maintenant. Et vous pensez combien cette expression possède de double sens.

45

Il y a bien sûr cette matinée mémorable qui va décider de ta vie. Pour autant, tu n'auras rien vu venir. Ton amie du Cap-Vert te dira bien plus tard que ça crevait les yeux, que ça ne pouvait pas durer, que cette vie ne te convenait pas. Elle avait pourtant débarqué au moment où tu formulais des espoirs que d'aucuns t'auraient enviés, comme cette aspiration à devenir directrice des ventes. Directrice ! Un titre, un salaire en conséquence, un avenir glorieux à construire. Le soir de sa venue, ton amie du Cap-Vert t'avait expliqué son nouveau travail à dix kilomètres de là : la chaîne de supermarchés qui l'employait y construisait une plate-forme d'échanges et d'entrepôts, il fallait concevoir un service d'achats. Un véritable défi à relever et du pain sur la planche pour au moins trois ans, avait-elle dit. Ton appartement à vendre, même plus un problème : il aurait suffi qu'elle le reprenne. Mais les choses ne s'étaient pas déroulées ainsi : hébergée d'abord dans la pièce du fond qui ne servait pas, sa présence s'était révélée indispensable, avec elle, tout prenait sens. Le premier matin, en allant chercher les croissants, elle avait fait connaissance avec la voisine à savates et blouse à fleurs bleues, elle était rentrée à l'appartement avec non seulement des croissants, mais aussi du café, du pain d'épice, des madeleines, que la voisine lui avait donnés. Elle avait un don pour apprivoiser les univers les plus hostiles. Lorsque tu lui avais raconté la déprédation de ta voiture, elle avait éclaté de rire, comme si on t'avait réservé une bonne blague. Elle apportait de la joie et tu retrouvais ce dynamisme que tu avais eu dans ton premier travail au magasin de sport. Même ta sœur, en te rendant visite, avait été conquise : la soirée n'avait été qu'une succession de fous rires.

Dans cette période un peu étrange, tu continuais à aller à Paris, à préparer ton emploi de directrice des ventes. Tu tutoyais maintenant le vice-président. Vous échafaudiez ensemble des stratégies sur deux ans, des plans marketing. Tu repartais avec des bilans à établir, le coût de toutes les actions prévues à calculer. Ton amie du Cap-Vert te voyait revenir fatiguée, pestant contre les attentes, le retard des trains, la correspondance loupée d'une minute. Elle t'écoutait raconter toutes ces péripéties dans la cuisine, toi échevelée, debout devant le frigo, croquant un fruit en guise de dîner, tes escarpins encore aux pieds, tes collants satinés glissant sous la jupe du petit tailleur bleu marine que tu avais acheté en sa présence (tu ne crois pas que la jupe est un peu courte ? Mais non, on risque juste de te confondre avec une hôtesse de l'air). Et puis tu balayais l'air d'un revers de trognon de pomme en déclarant : Bon, ce n'est pas tout ça, mais j'ai encore du travail. Tu déballais ton ordinateur sur la table de la cuisine et ton amie s'éclipsait dans la pièce du fond. Elle puisait dans tes livres délaissés : un vieil exemplaire des *Fleurs du mal* dont tu avais oublié jusqu'à l'existence (et pourtant combien tu l'avais lu et relu adolescente, ton père encore en bonne santé et ta mère pas trop chiante à l'époque), *Condition de l'homme moderne* de Hannah Arendt aussi, que tu avais reposé sur l'étagère : oubliée la réflexion que tu t'étais faite (Comment peut-on continuer à travailler après avoir lu Hannah Arendt ?). L'heure était à l'activité débordante, à l'absence d'état d'âme qui formait son corollaire, ainsi qu'il sied à une véritable directrice des ventes.

Un matin donc, tu étais arrivée de bonne heure au travail, il te fallait rattraper les sollicitations de la veille et ce n'était sans doute pas la secrétaire qui aurait pris des initiatives, étant donné l'ambiance du moment. Le parking était encore désert, et la voiture de l'ancêtre, toujours au fond, était couverte de rosée. La journée promettait d'être ensoleillée, un voile de brume léger et aérien flottait au-dessus de la pelouse. Tu t'étais affairée de suite, avec entrain, écoutant les messages sur ton répondeur, répondant à des courriels. Tu avais entendu l'un après l'autre les employés arriver. Tu avais laissé ta porte ouverte pour pouvoir accueillir avec le sourire ceux qui ne manqueraient pas de s'étonner de ta venue si matinale. Tu pensais à ton amie du Cap-Vert, tu voulais copier sa vivacité, son allant, son aisance. Mais rien ne s'était passé de la sorte. Tu avais entendu arriver ensemble ton chef et la responsable des finances, tous deux échangeant quelques répliques de bienvenue au sujet de la belle journée qui s'annonçait. Mais ils n'avaient pas continué jusqu'à ton bureau, ils s'étaient tus brusquement, s'étaient arrêtés chacun dans le sien et tu avais entendu leurs portes se refermer. Claquer serait d'ailleurs un terme plus approprié pour ton chef. Ensuite (avec une demi-heure de retard), la secrétaire avait fait résonner ses talons dans le couloir, puis dans le bureau jouxtant le tien, avant de tirer bruyamment la porte de communication entre vos deux pièces. Ce n'était pas le hasard, personne n'avait pu ignorer ta voiture sur le parking, personne n'était venu te saluer.

Tu sentais une profonde tristesse t'envahir, mêlée de colère, tu essayais de te raccrocher à ton amie du Cap-Vert, tu l'imaginais plaisanter, placer tes collègues devant leur bêtise, évacuer toute cette puérilité d'un geste insouciant et gai. Mais tu n'étais pas elle. Tu as entendu la porte de ton chef s'ouvrir avec presque autant de brutalité qu'elle s'était fermée. Tu as entendu l'injonction de ton prénom. Lorsque tu es arrivée, il était assis derrière son bureau, chemisette couleur sardine, les poils des avant-bras accrochés comme des petits hameçons sur son sous-main. Tout de go : Bon, l'ancêtre ne se décidant pas à mourir, il faut que tu m'apportes son protocole de licenciement. Et tout de suite, on a assez traîné.

Te raccrocher à ton amie du Cap-Vert. Bonjour ! as-tu répondu d'une façon enjouée. Tu as fait demi-tour, tu es repartie le plus calmement possible vers la porte, mais quelque chose bouillait en toi, quelque chose d'incompressible, que tu ne pouvais contenir. Sans réaliser ce qui t'arrivait, tu as fait brusquement volte-face, tu es revenue vers le bureau, tu as saisi les deux balles de golf qui s'y trouvaient et les as balancées de toutes tes forces, l'une dans une vitrine derrière le canapé de cuir blanc, l'autre sur ton chef, qui instinctivement a replié ses bras pour protéger sa tête. Tout se passait comme dans un rêve, avec une acuité pourtant décuplée et qui fait repenser longtemps après à cet événement. Mouvements : toi, repartant vers ton bureau, décrochant le poster de l'entreprise, le fracassant de toutes tes forces sur la cloison du couloir. Visions : la photo lacérée par les débris de verre, le visage épouvanté de la responsable des finances, la bouche bée de la secrétaire, la bosse rouge qui s'élargissait sur le front de ton chef, titubant sur le seuil de sa porte. Sons : fracas, cris, exclamations (Mais elle est folle !), talonnades, porte claquée, tes escarpins précipités sur le gravier du parking, crissement de tes pneus. Et l'odeur de ta peur. Et le goût du sang lorsque tu t'es mordu les lèvres. Et ce tremblement qui persiste longtemps après tes sanglots, arrêtée sur un parking désert le long d'une route prise au hasard dans l'aveuglement des larmes.

46

La lettre, vous hésitez à l'envoyer. Vous avez mis longtemps à l'écrire et en plusieurs fois sur la petite tablette qui sert à tout : accueillir un plateau-repas, garder les médicaments et la carafe d'eau à proximité, déposer une revue ou un livre, comme l'album de photographies que la petite sportive vous avait si gentiment apporté. C'est à elle que vous écrivez. Vous y pensez longtemps à l'avance. Vous échafaudez des phrases lors de vos promenades vers le patio des fumeurs. À force, vous en connaissez quelques-uns. On vous offre souvent une cigarette que vous refusez toujours. On hésite à fumer devant vous. Vous vous en apercevez : vous échangez quelques banalités et vous repartez vous asseoir un peu plus loin pour que les briquets sortent des poches. Vous regardez ces compagnons d'infortune que le hasard a placés ici en même temps que vous avec un immense sentiment de tendresse. Le hasard, la tendresse : deux mots si proches à assembler, vague goût du genre « aimer son prochain », mais sans le poids des églises et des curés, vague idée d'un bonheur fondé sur des aléas en forme de chance, fortune, aubaine, occasion bénéfique, coup du sort heureux, une aura optimiste. C'est cela : optimiste, avoir connu la mort de si près (combien de fois médecins, infirmières, proches vous l'ont rabâché) vous a rendu insouciant, oublieux, léger, fataliste, béat d'incertitude, enchanté d'être vivant. Et la petite sportive personnifie tout ce charme existentiel de pouvoir encore respirer, cette grâce de l'évidence, ce ravissement de la banalité. Vous ne songez qu'à lui écrire. D'abord pour la remercier d'être venue vous voir, d'avoir compris aussi l'importance de votre vie de labeur, pourtant si ordinaire, son souci de vos clients est un acte qui ne ment pas. En même temps, vous réalisez combien ces années sont passées derrière vous sans que vous vous en aperceviez. Vous n'avez plus à faire vos preuves, vous avez assez donné, et cette évidence vous apparaît seulement maintenant. Alors oui, lui écrire que vous allez raccrocher, que vous indiffère la manière dont cela se fera : qu'ils vous virent si ça leur chante. Vous ne poserez aucune condition. Vous repensez à ce que vous lui aviez dit au restaurant la première fois que vous vous étiez rencontrés, votre ton sévère, sentencieux, la morgue et l'assurance que vous donnaient les années de travail, la boîte que vous aviez montée tout de même : Je vous le dis tout net, je refuse de partir. Elle, la petite sportive, ne bronchait pas. Comment aurait-elle pu ? Vous l'écrasiez avec votre orgueil, votre vie, votre réussite. Aujourd'hui, l'orgueil s'est rapetissé devant la mort, et votre seule réussite est de pouvoir partir de cet endroit dans quelques jours. En revanche, la petite sportive a tout à perdre si elle ne parvient pas à vous mettre à la porte. Son chef en a rêvé avant elle, sans y arriver, c'est même, vous en êtes persuadé, le seul motif de son recrutement. Le grand patron a dû mettre dans la balance cet échec récurrent où vous lui teniez tête, le chef était en sursis sauf s'il parvenait à vous mettre dehors par son intermédiaire. Vous lui écrivez ainsi, vous réclamez votre licenciement, vous racontez votre future vie lorsque vous aurez quitté l'hôpital, une vie tranquille, heureuse, sédentaire, à laquelle vous ne croyez pas un instant. Vous citez Rimbaud pour la convaincre : *Assez connu. Les arrêts de la vie. Ô Rumeurs et Visions ! Départ dans l'affection et le bruit neufs !*

Vous hésitez pourtant à envoyer cette lettre rédigée en plusieurs épisodes sur la petite tablette de votre chambre. Vous ne connaissez que l'adresse de l'entreprise et vous ne tenez pas à ce que quelqu'un d'autre la lise. Le matin de votre départ, vous enfournez l'enveloppe dans la poche de votre veste et vous l'appelez sur son portable.

47

Ce n'est pas elle qui répond, mais une autre voix féminine : Elle a oublié son portable, elle est partie très tôt ce matin. Je lui dirai que vous avez appelé. L'amie du Cap-Vert repose le téléphone sur le meuble de l'entrée et soupire. Que cherche-t-elle à prouver en travaillant de la sorte ? Elle veille tard, dort peu, oublie tout. Cette nuit, en lisant Hannah Arendt dans la petite chambre, l'amie du Cap-Vert avait cherché de quoi recopier une phrase à son intention (juste histoire de la faire réfléchir), s'était levée pour poser une feuille de cahier d'écolier à côté de la tasse de café déjà préparée pour le lendemain matin. Peine perdue, elle n'avait même pas pris le temps de passer à la cuisine, elle n'avait rien vu, rien lu, elle était partie directement.

Plus tard, tu reviens en larmes. C'est une véritable crise de nerfs. L'amie du Cap-Vert n'a d'autre choix que de te coucher avec un tranquillisant. Bien sûr, dans l'affolement, elle oublie de te parler du coup de téléphone. Elle presse un jus d'orange, la seule chose que tu peux avaler entre deux hoquets. Les deux conques du fruit pressé rejoignent la poubelle, délavent l'écriture du papier d'écolier et la phrase recopiée de Hannah Arendt : « On peut parfaitement concevoir que l'époque moderne – qui commença par une explosion d'activité humaine si neuve, si riche de promesses – s'achève dans la passivité la plus inerte, la plus stérile que l'Histoire ait jamais connue. »

48

C’est d’abord la voix que tu entends. Elle te rappelle quelqu’un sans que tu puisses dire à qui elle appartient. C’est une voix grave, mélodieuse, étrangement dédoublée, qui provient d’une cave voisine. Elle résonne le long des voûtes, elle vante la couleur d’un vin avec emphase : C’est du pourpre, de l’incarnat, un éclat de rubis, l’éternel du corail, l’écarlate de l’amarante… La tournure des phrases te rappelle, se peut-il que… Guidée par la voix, tu longes un couloir de pierre, passes une encoignure, tournes une ou deux fois. Au mur, un éclairage électrique imite des flambeaux et éclaire des photographies de vignes, des natures mortes mêlant une bouteille de grand cru devant une grappe de raisin, un tonnelet de chêne derrière une coupe de cristal. Et tu le vois, au bout du dédale, il parle en levant son verre, en le fixant à la lumière d’une ampoule nue qui laisse la moitié du cellier dans la pénombre. Une couleur venue du fond des âges, la même qui servait à colorer la toge prétexte des consuls romains… Le petit groupe de clients réunis autour d'un fût en guise de table acquiesce, certains imitent le démonstrateur et hissent leur verre à bout de bras pour mieux en apprécier la teinte, d'autres se gargarisent d'une gorgée en hochant la tête d'un air satisfait. C'est lui, amaigri et les cheveux entièrement blancs, mais paraissant étrangement plus jeune. Tu souris, heureuse de ce hasard, tu es dans l'encadrement de la porte, tu t'es arrêtée et tu le regardes. La petite fille accrochée à ta main demeure également immobile.

Vous étiez en train d'expliquer la couleur si particulière de ce bourgogne (posture de sommelier, gestes cérémonieux, attitude solennelle, numéro bien rodé) lorsque vous l'avez aperçue, la petite sportive. De suite, vous avez retrouvé le surnom par lequel vous l'aviez désignée. Même allure, même expression de visage. Pourtant, vous ne vous étiez vus que deux fois, il y aura presque quatre ans de cela. Vous souriez, heureux de ce hasard, ou peut-être parce que la vue de l'enfant vous ravit, comme preuve d'une existence personnelle, et que tout n'a pas été sacrifié à la profession. D'où vous êtes, vous esquissez un vague signe vers elle en guise de reconnaissance, un de vos clients se retourne intrigué et invite « la demoiselle » à se rapprocher. Mais elle décline d'un geste et reste en arrière avec la fillette. Vous terminez la démonstration. Peut-être y mettez-vous plus de cœur que d'habitude, vous y allez avec entrain, les plaisanteries fusent, vous la regardez à la dérobée et elle semble s'amuser devant votre numéro de bonimenteur. À un moment, une autre femme la rejoint, un peu plus petite et les cheveux coupés court. Elles parlent à voix basse pendant un instant et la jeune femme aux cheveux courts s'en va avec la fillette. Elle reste dans la cave à vous attendre.

Les clients sont repartis. Tu le regardes s'approcher. Cette manière de sourire et de plaisanter, cette impression d'un esprit constamment à l'affût, d'un bon mot en réserve, te paraissent plus incisives qu'autrefois, moins fatiguées peut-être. Vous avez maigri. La maladie, ma chère, la maladie, mais au moins je ne fume plus. Tu dois garder une expression interrogative, car il enchaîne avec un clin d'œil : Mais ça va mieux, je devrais faire un centenaire convenable plus tard. Bien sûr, c'est une autre question qui te brûle les lèvres, et sans doute à lui aussi, puisque vous formulez en même temps un « Et alors ? » interrogatif.

Bon, je commence, dites-vous. D'abord, asseyons-nous. Vous voulez un verre ? Désolé, moi je ne bois que de l'eau. Il ne faut pas se fier aux apparences : les jours d'affluence, je donne un coup de main au producteur de cet excellent bourgogne, qui est aussi un ami. Déjà, lorsque j'étais en activité, je trimballais des caisses de vin pour mes clients les plus fidèles. (Vous marquez un léger silence, le regard perdu dans les voûtes de la cave, comme si vous cherchiez à renouer le fil d'une existence perdue.) En fait, cela n'a plus d'importance, c'est loin, mais parlez-moi de vous. Je vois que vous avez fondé une famille !

Non, vous n'y êtes pas, la fillette est ma nièce. À ton tour de parler, mais par où commencer ? Tu regardes l'ancêtre (te revient ce surnom, que tu chasses aussitôt : époque révolue, insultante et cynique sur laquelle tu as tiré un trait). Par où commencer ? Il hoche la tête, t'encourage d'un sourire, non, pas l'ancêtre, mais un homme encore debout, libre, dégagé, accueillant. Tu regardes ton verre de bourgogne, fais tournoyer la belle couleur rubis, corail, amarante, toge prétexte des consuls romains.

Après l'esclandre, tu n'avais pas repris le travail. Juste réglé les termes de ta démission, quelque chose de rapide, une période que tu voulais oublier. Les premiers temps, combien t'avait paru bizarre de rester dans ton appartement dans la journée. Tu te levais tard, tu avais du sommeil à rattraper. L'amie du Cap-Vert était déjà partie à son travail. Tu arpentais des pièces silencieuses sans savoir t'occuper, et pourtant tu ne t'ennuyais pas, tout te paraissait étrange, comme si ce lieu déployait au fil des heures sa propre vie : un rayon de soleil qui balaie l'angle d'une cloison, le bruit des enfants qui reviennent de l'école, un voisin de palier qui ouvre sa porte. Petit à petit, tu as d'abord entrepris de ranger un ou deux cartons, reliquats de ton déménagement plusieurs mois auparavant. Un jour, tu as réinvesti la pièce du fond, qui était devenue le domaine de ton amie du Cap-Vert. En rentrant, elle t'a retrouvée assise en tailleur devant les livres rangés (Arendt au milieu d'Apollinaire, Aragon, Artaud et Balzac), si calme, si apaisée, relisant un roman que tu avais aimé autrefois. Tout a été alors différent, les livres avaient ouvert une brèche, laissé les portes ouvertes. Les mots à partager, regarde ! Tu tendais des volumes, ouvrais au hasard une page, tu lisais à voix haute, faisais l'article. Comment ai-je pu oublier cela ? Plus de murs, plus d'angles, plus de réticences, les mots, les sentiments, tout ce qui était jusqu'alors enfoui s'étalait, traversait les pièces, l'appartement, rejoignait l'immeuble d'en face et ses pancartes « à vendre » ou « à louer ». Tu te souvenais de la femme appuyée sur son auto, mais tu n'étais pas elle, tu ne chercherais pas à fuir, tu savais que tu resterais là, tu n'étais plus seule. Un autre soir, vous aviez bu du porto, vous avez lacéré tes tailleurs de directrice des ventes en riant comme des folles, vous avez dansé lentement sur une musique du Cap-Vert dans des jupes déchirées et des chemisiers décousus. Les mois qui ont suivi ont vite passé dans l'enchaînement des saisons. L'hiver, tu grattais le givre de ton auto avant de rejoindre un petit groupe d'élèves d'un lycée professionnel auxquels tu donnais quelques cours dans la ville voisine. Au printemps, tu as raccompagné à son domicile la voisine à vieille blouse à fleurs qui avait passé la mauvaise saison chez une nièce. En été, les premiers détenus ont commencé à remplir la prison. La vie s'installait, opiniâtre comme toujours, dès qu'elle trouve matière à s'organiser, s'entraider dans l'étonnant instinct grégaire qu'elle produit. On dirait du Hannah Arendt ! Tu avais pris l'habitude de noter de telles phrases qui te traversaient l'esprit dans un petit carnet que tu portais toujours sur toi. En juillet, ta sœur t'a annoncé qu'elle était enceinte. Le père était un pompier de la caserne dans laquelle elle entretenait les véhicules. Pour la naissance, vous aviez acheté un hippopotame en peluche. Vous êtes venues à la maternité. Ta mère était là et t'a reproché de te donner en spectacle avec… avec… Elle désignait ton amie. Ta sœur a pris ta défense. Les histoires familiales sont toujours compliquées. En automne, tu as recherché du boulot et on t'a proposé de donner des cours à la prison cette fois. C'est un travail qui t'a beaucoup plu et tu en as profité pour y créer une bibliothèque. Voilà ma vie, dis-tu, en continuant de faire tourner ton vin dans le verre.

Voilà ma vie et à nouveau un silence : à propos des histoires familiales toujours compliquées, votre fils a fini par divorcer, Clara ne l'a jamais suivi. Il demeure le même, toujours aussi prompt à courir sur une prétendue affaire, comme tout bon agent de commerce, représentant, VRP, commis voyageur. Votre temps libre vous a néanmoins permis d'aller plus souvent rendre visite à votre fille, parfois à votre ex-femme, le plus souvent à l'improviste. C'est votre style, vous n'aimez pas les conventions, et quarante ans de route vous ont laissé cet esprit. J'ai dû vous dire que j'avais accompli deux fois la distance Terre-Lune aller et retour, soit plus d'un million et demi de kilomètres (tu acquiesces). Vous montrez vos deux paumes vides : rien d'autre, je ne fais rien d'autre.

Vous lisez toujours Rimbaud ? Tu lui expliques que, lorsque tu étais passée le voir, tu avais été sur la tombe du poète le matin même. Je crois que je ne vous l'avais pas dit à l'hôpital, vous étiez si fatigué. Rimbaud vous rapproche, vous en discutez. Il prétend qu'on ne peut être voyageur de commerce si on ne connaît pas l'harmonie des mots. Tu réponds qu'aucun métier ne peut sans doute être exercé sans la valeur d'une parole. J'aimerais ouvrir une librairie, dis-tu brusquement. Il y en a une vieille abandonnée et à reprendre là où nous habitons. Mon amie va bientôt avoir terminé la mission pour laquelle elle avait été embauchée, ce pourrait être l'occasion.

Vous avez des nouvelles de la boîte ? Vous avez lu dans la presse que la maison mère a fait faillite. Elle confirme. Un vendeur, rencontré par hasard dans un supermarché, lui a appris la nouvelle. Il paraît que tout est fermé, les entrepôts ont été vidés, le bâtiment est à l'abandon, déjà saccagé. Et vous ? Avez-vous enfin acquis un canapé ? Elle rit, la petite sportive, et vous répond du tac au tac : Et vous, avez-vous gardé vos échantillons ? Vos œuvres complètes du papier peint ?

49

C'est comme chez ma grand-mère, dit l'un. Dans la cuisine, on avait le même, ajoute un autre. Ils sont plusieurs autour des tables à feuilleter les exemplaires reliés. Vous avisez un type resté au fond et qui n'ose pas s'approcher. Et vous, quelle est votre année de naissance ? Il annonce un millésime, vous extirpez un volume, vous le rejoignez et vous égrenez les papiers peints devant lui. Peut-être avez-vous eu celui-ci dans votre chambre ? On en vendait beaucoup à l'époque. Le type ne répond pas, mais tourne les pages. C'est bizarre, tout de même, ce ne sont pas des livres, il n'y a rien d'écrit, ça ne raconte pas d'histoire, comme, comme… D'un geste, il embrasse les étagères de la bibliothèque. Si, les histoires, vous les avez là, répondez-vous en vous frappant la tête. Ces papiers peints, c'était votre décor, c'est avec eux que vous avez grandi, aimé, peut-être fait les conneries qui vous ont conduits ici. Un des types hoche la tête : Ça, c'est sûr, il a raison, une couleur, un motif, ça en raconte parfois plus que des livres. C'est comme ici, dit un autre, la couleur grise, c'est notre vie, et il désigne le béton des murs traité anti-taches, anti-tags.

Tu le regardes, tu l'écoutes sans te lasser raconter ses histoires de décor, de murs, pièces, chambres, cuisines, salles de bain, saisir quarante années d'intérieur à la française, les émailler d'anecdotes : telle tapisserie était collée dans cent mille salons lorsqu'on a annoncé la mort du général de Gaulle. Et cette autre a failli être censurée, car on s'est aperçu que le motif géométrique ressemblait vaguement à la caricature de Pompidou. Tu le regardes, tu l'écoutes, et la rencontre avec les détenus durera une heure et demie.

Après, vous rejoignez tous les deux la librairie. Depuis que vous vous êtes revus, vous avez gardé le contact, il s'est beaucoup intéressé à ton projet, il t'a aidée, conseillée. Tu l'as invité pour l'inauguration. Il voulait absolument faire quelque chose. Je peux réciter des strophes entières de Rimbaud ! C'est toi qui as eu l'idée de l'emmener voir les prisonniers. Il est venu avec ses catalogues, des œuvres complètes comme vous n'en verrez jamais en librairie, avait-il précisé en s'installant. Maintenant, il ouvre les paquets de gâteaux et ton amie dispose les gobelets sur la nappe. Puis il se promène parmi les rayons, redresse ici un livre, en dégage un autre. Il a fallu faire vite, vous étiez pressées d'ouvrir. En regardant bien, on peut remarquer dans les coins de la vitrine des traces du badigeon blanc. La porte d'entrée a été repeinte, et la vieille publicité de la tombola (premier prix : un four à micro-ondes) est froissée dans une poubelle. De l'intérieur, on peut voir par la droite le porche de l'église et par la gauche les devantures de la charcuterie et de la boulangerie (les commerçants ont promis de venir). De l'extérieur, on remarque un poème que ton amie a recopié directement sur la devanture : *A noir, E blanc, I rouge, U vert, O bleu : voyelles, je dirai quelque jour vos naissances latentes...*

Tu regardes l'heure : il reste quinze minutes avant l'arrivée des premiers invités. Celui que tu as autrefois appelé l'ancêtre, dans une autre vie, semble calme et heureux, il donne un dernier coup de chiffon sur les volumes du rayon beaux-arts. Il parle de sa belle voix de basse, légèrement désunie, en désignant les mots peints sur la vitre. Rimbaud avait raison, c'est un peu la source de la lecture, c'est de la littérature de colportage appliquée à la vie moderne. Le voyage de commerce est à l'origine de tout, même de l'écriture, nous avons pensé à un abandon quand il a quitté la poésie, mais c'était peut-être pour mieux la retrouver. Ton amie lui répond en terminant d'arranger les tables : Vous et vos catalogues, c'est pareil. La manière d'égayer les murs, leurs couleurs, leurs motifs, la façon d'en parler, c'est aussi de la littérature. On bosse toute une vie sans prendre garde aux mots, et après qu'ils partent, les mots, on s'en fiche, on ne travaille pas pour la postérité, d'autres prendront le relais, qu'ils désertent !

Toi, petite sportive, et vous l'ancêtre, vous retenez juste « île déserte », et c'est ainsi que vous avez nommé la librairie.

Photocomposition Nord Compo
Villeneuve d'Ascq

CET OUVRAGE
A ÉTÉ ACHEVÉ D'IMPRIMER
SUR ROTO-PAGE
PAR L'IMPRIMERIE FLOCH
À MAYENNE EN JUILLET 2012

« Pour l'éditeur, le principe est d'utiliser des papiers composés de fibres naturelles, renouvelables, recyclables et fabriquées à partir de bois issus de forêts qui adoptent un système d'aménagement durable.

En outre, l'éditeur attend de ses fournisseurs de papier qu'ils s'inscrivent dans une démarche de certification environnementale reconnue. »

Dépôt légal : août 2012.
N° d'impression : 82887.
36.33.3268.4/01
Imprimé en France